EDAU BYWYD

EDAU BYWYD

Elen Wyn

bwthyn
GWASG Y BWTHYN

Argraffiad cyntaf: Tachwedd 2013

ISBN 978-1-907424-54-0

Cyhoeddwyd gyda chymorth ariannol
Cyngor Llyfrau Cymru

Cyhoeddwyd ac argraffwyd gan
Wasg y Bwthyn, Caernarfon
gwasgybwthyn@btconnect.com

I

IANTO AC ALYS

HEFYD, I GOFIO'N ANNWYL AM RONWEN

ANTI A FFRIND ARBENNIG

DIOLCH

Diolch i Harri Parri a Geraint Lloyd Owen
am eu hanogaeth.

Diolch i Marred yng Ngwasg y Bwthyn
am ei gofal a'i chymorth parod.

Diolch i Mam, Dad a Medi am eu ffydd.

Ac yn olaf, diolch i Dylan am ei amynedd
(sydd fel rheol yn brin!).

PROLOG

Mae'r diwrnod hwn o bedair awr ar hugain yr un hyd yn union ag yr oedd ddoe ac y bydd yfory. Â phob eiliad mewn munud, pob munud mewn awr, a phob awr o'r diwrnod yr un fath.

I rai, mae pob heddiw yn debyg. I eraill, does yr un diwrnod yr un fath.

Daw gwawr newydd â chyfleoedd a gobaith, siom ac adfyd, lle gall un newid bach gael effaith aruthrol. Gwelir rhiniog, ac unwaith y caiff y trothwy hwnnw ei groesi, mae'r drefn i gyd yn debygol o altro'n llwyr.

Felly, un Sadwrn ym Mehefin, fe ddarfu heddiw . . .

01:53
Abertawe

'*Surgeon* wyt ti, ife?' holai'r ferch wrth faglu dros ei sodlau. 'Fi'n dwlu ar *Casualty*. Ma'r doctors i gyd yn lysh.'

Gwyddai Efan ei fod wedi taro'r jacpot gyda hon.

'*Uniform* glas sydd gyda ti? 'So chi'n wishgo cotiau gwyn nawr, y'ch chi?' Roedd ei chwestiynau'n ei ddiflasu, ond eto'n ei gynhyrfu.

> *Mi wnei di'r tro heno. Rwyt ti'n ifanc, yn ffôl. Yn dlws, ond ddim yn arallfydol o hardd.*

Un hawdd ei chael oedd Manon. Yn ddiniwed o ddeniadol, yn caru doctoriaid – a llawfeddyg oedd Efan. Efan Carrol, gŵr deugain oed oedd mor iach â'r dydd a chanddo lond pen o wallt eboni slic heb flewyn gwyn yn agos ato – drwy lwc enynnol; ac yn bennaf oll, fo oedd un o feddygon cosmetig gorau'r byd.

> *Be well?*

Cwta ugain munud yn ôl roedd Manon yn crwydro strydoedd Abertawe yn chwilio am dacsi – yn chwil ac yn llawn hwyliau. Roedd wedi cael noson wyllt, o chwerthin a joio yn nhafarndai'r ddinas gyda'i ffrindiau, a'r sbort hwnnw'n atseinio yn ei phen o hyd yn blith draphlith o Gymraeg a Saesneg.

Rywsut roedd pawb wedi colli ei gilydd rywle rhwng y siop cebabs a'r safle tacsis, a dyna sut y bu i Manon

Elwyn Price, pedair ar hugain oed, gyfarfod ag Efan Carrol. Cyfarfyddiad ar hap wrth sgwrsio mewn ciw.

Taflai lampau blaen y tacsis olau trawiadol ar wyneb Manon, gan ddŵad â'i harddwch syml i'r golwg. Ac wrth i'r ddau ddisgwyl eu tro, cafodd Efan ei ddenu ati – ei gwallt tonnog, cringoch yn fframio'i hwyneb yn rhimyn lliwgar, ac yn gyferbyniad perffaith i'w gwedd welw, wynlas oedd mor gain â chwpan porslen.

Mi benderfynodd Efan y byddai'n haws cerdded yn hytrach nag aros am lifft, a rywfodd, heb feddwl, mi aeth Manon gydag o.

Cydgerddai'r ddau ffrind dieithr gyda'i gilydd, a'u traed yn anelu at gyrion y ddinas, er na wyddai, na phoenai Manon i ble roedden nhw'n mynd. Uwchben, roedd y lleuad dan groen o gwmwl, ac Efan yn anadlu awel yr hwyr yn ddwfn i'w ysgyfaint gyda phob cam.

Mae'r newid rhwng dydd a nos yn gallu bod yn ddramatig. Bydd rhai rhywogaethau'n ffynnu yng ngolau'r haul, tra bydd eraill yn llewyrchu mewn düwch. Un felly oedd Efan.

Hoffai hela o dan y sêr.

02:17
Rhydyclafdy, Gwynedd

'Gwyliwch, hogia, mae o'n dod i lawr. Rhedwwwch. Go, go, go,' bloeddiodd Barry. Ond roedd ei sgrech wedi ei cholli'n llwyr gan sŵn yr injan aflafar. Cafodd Siôn ei ddallu gan lwch y tywod wrth i'r hebog o fetel trwm frwydro i aros yn yr awyr. Roedd pawb o'i gwmpas yn gweiddi neu'n gweddïo, ond doedd neb yn clywed.

Rhedodd Siôn cyn gyflymed ag y gallai. Roedd cyhyrau ei freichiau a'i goesau'n drwm, ond fel pob soldiwr da mi aeth yn ei flaen. A chyda phob amrantiad llychlyd, wrth iddo droi yn ei ôl i edrych, gallai weld yr hofrennydd yn esgyn ac yn plymio, i fyny ac i lawr fel tasa yna blentyn yn ei lywio o bellter efo remôt control. Yna chwyrlïodd i'r llawr heb fath o reolaeth, megis pluen tro yn disgyn o goeden jacmor.

Doedd dim dewis gan Siôn ond ffoi am ei enaid, a dyna wnaeth, fel mellten yn chwilio am lwybr o'r nefoedd i'r ddaear. Yng nghrombil ei glustiau sŵn panig ac ofn oedd i'w clywed, a'r sŵn dychryn hwnnw'n llawer uwch na sŵn yr horwth dur yn taro'r tir. Yna, doedd dim byd. Dim ond tawelwch du bitsh.

Deffrodd Siôn â'i galon yn dyrnu yn ei frest, a chwys oer yn diferu o'i dalcen. Gwelodd nenfwd gwyrddlas cyfarwydd ei lofft, a golau coch pendant y rhifau ar y cloc larwm wrth ochr y gwely. Yna daeth y cryndod. Teimlodd ei ganol yn tynhau nes ei fod yn cael trafferth cael ei wynt. Roedd gwaelod ei gorff wedi'i barlysu, ac roedd yn meddwl yn siŵr ei fod yn mynd i chwydu.

Un dau tri pedwar pump chwech saith wyth naw deg. Anadlu.

Un dau tri pedwar pump chwech saith wyth naw deg. Anadlu.

Un dau tri pedwar pump chwech saith wyth naw deg.

Sadia, Siôn.

Edrychodd eto ar y to, i gadarnhau mai yn ei ystafell wely roedd o. Mor wahanol oedd popeth yn fama i'w babell yn Camp Bastion – Afghanistan, gwlad y mynyddoedd diddiwedd, y creigiau hagr a'r gynnau.

Roedd Siôn yn ei ôl ym Mhen Llŷn ers tair wythnos, ond doedd o ddim yno go iawn. Tydi rhyfel ddim yn darfod ar ôl i filwr ddŵad adra. Mae'n diferu i brif wythiennau'r corff gan wenwyno llif y gwaed.

Mae gan Siôn gynllun.

02:33
Cefneithin, Sir Gâr

Tra bo'r ddaear a'i chefn at yr haul, daw'r sêr i'r golwg. Maen nhw yn yr un lle, ddydd a nos, jest fod golau llachar yr haul yn atal dyn rhag eu gweld yn ystod y dydd. Ers pum mlynedd bellach, tydi Steffan ddim yn cau'r llenni'n llwyr cyn mynd i'w wely, er mwyn iddo allu gweld y sêr. Ers colli Nia.

> *Ti'n fyw, on'd wyt ti? Mae'n rhaid dy fod ti. Taset ti ddim, mi faswn yn gwybod a finnau'n dad i ti, yn gallu teimlo hynny. Yn deall.*

Pum mlynedd i fory ddigwyddodd y cwbl.

02:34
Parc Cwmdonkin, Abertawe

'Lle ti'n byw 'te?' holodd Manon gan gerdded yn igam-ogam rhwng y palmant a'r ffordd.

'Ddim yn bell.' Rhoddodd Efan ei ddwy law am ei chanol yn sydyn, i'w harbed rhag disgyn.

'O, diolch i ti am 'na, so'r *heels* 'ma yn siwto fi.' Arhosodd Manon am eiliad i sythu ei ffrog a cheisio'i thynnu at ei phengliniau, er bod y defnydd fodfeddi'n brin i ganiatáu iddi allu gwneud hynny. "So ti'n dweud lot, y't ti? Fi'n nabod dynion fel ti. Ci tawel, ife?'

Atebodd Efan mohoni, dim ond estyn ei law tuag ati'n ddifater, ac edrych yn ei flaen, ei feddwl ar grwydr ac yn dyheu. Roedd wedi ymgolli mewn perlewyg, yn prosesu delweddau ohoni a gynhesai ei du fewn fel potel dŵr poeth fewnol, wrth i wlith y bore hel ar y borderi blodau ar ben y stryd.

Roedd Manon yn ei atgoffa o Annie, y plentyn amddifad a'i chwrls fflamgoch. Annie wedi prifio. Cerddodd y ddau yn eu blaenau gan fân siarad, ac Efan yn teimlo rhyw berthyn iddi. Yn union fel y teimlai ei fod yn perthyn i Annie wrth wylio'r ffilm bob Dolig erstalwm. Wedi ei fabwysiadu roedd yntau hefyd, er ei fod wedi cael bywyd llawer brafiach nag y cafodd hithau efo Miss Hannigan erioed.

Fyddi di ddim yn amddifad heno, fy merch.

Diléit Efan oedd gwaed. Gwaed oedd ei fywyd i bob

pwrpas. Efan Carrol - uwch-lawfeddyg cosmetig ysbyty'r ddinas, un o'r goreuon yn ei faes. Deuai pobl o bob cwr o Brydain i gael eu trin ganddo, rhai o dramor hyd yn oed.

Carai ei waith: y grefft o drwsio rhywbeth oedd wedi torri, creu perffeithrwydd o amherffeithrwydd. Cynnwrf wrth gydio mewn cyllell, mewn theatr heb gynulleidfa, a dim ond ei staff cynorthwyol yn y rhes flaen. Tawelwch y llafn yn cerfio'r croen, wrth i'r gwaed lifo'n groyw ac yn gynnes. Nefoedd.

Wrth iddyn nhw gyrraedd cyrion Abertawe, peidiodd yr hel straeon am ennyd. Trodd y ddau i edrych yn ôl ar y ddinas a hithau'n gorwedd o'u blaen - y goleuadau oren a choch yn rhedeg i'w gilydd fel murlun modern ar wal mewn oriel.

'Mae'n bert, on'd yw e? Yr holl oleuadau draw 'co, a finne'n rhan ohonyn nhw gynne fach,' rhyfeddodd Manon. 'Maen nhw'n dishgwl mor bell nawr.'

'Maen nhw'n bell,' atebodd yntau. 'Fuon nhw erio'd mor bell, coelia fi.'

Ar ôl cysgodi tu ôl i'r cymylau, roedd golau'r lloer yn glaer erbyn hyn, fel tortsh yn eu harwain ymlaen. Y lleuad fel tasa hi'n sylweddoli beth oedd Efan ar fin ei wneud, ac am roi help llaw iddo gyda'i golau i ffeindio'i ffordd at y rhandir.

Un ergyd oedd eisiau. Rhwydd.

03:02
Cefneithin, Sir Gâr

Roedd Steffan yn hollol effro; methai'n lân a chysgu. Wrth ei ochr, ond eto ymhell, a'r gobennydd yn y canol fel pared rhwng dau gyfandir, gorweddai Carys. Doedd hithau ddim yn cysgu'n esmwyth chwaith, er ei bod yn ymddangos felly. Roedd ei llygaid ynghau, ei hanadlu'n araf a thawel, ei chorff yn llonydd a'i breichiau wedi eu lapio fel sgarff gysurus amdani i'w hatal rhag aflonyddu.

Cwsg wedi ei greu gan dabledi oedd hwn, nid cwsg rhadlon. Bu Carys yn dibynnu ar y rhain a sawl tabled arall ers colli Nia. Wrth iddi eu hestyn o gwpwrdd y gegin bob nos, roedd dyhead bythol yn y llyncu y byddai hi'n deffro yn rhywle gwell na'r uffern yma heb ei merch fach. Roedd llun a llais Nia yn llenwi pob eiliad o'i horiau effro; cwsg oedd yr unig le y gallai gael llonydd.

Pallai Steffan gymryd unrhyw deip o dabledi. Doedd o ddim eisiau ymyrraeth feddygol i ddelio â'r galar. Cosbi ei hun yr oedd o, ac wrth oddef y diffyg cwsg a'r trymder meddwl, gwnâi'n iawn am beidio bod yno'r diwrnod hwnnw. Y diwrnod y diflannodd Nia o'r traeth.

Ei ferch fach yn diflannu i ebargofiant heb fath o rybudd, yn ddisymwth o'u gafael. A doedd o ddim yno i'w hamddiffyn, i'w gochel, i'w gwarchod.

Yn Ninbych-y-pysgod yr aeth hi ar goll. Yn fanno y

cafodd ei chipio a hithau'n ddim ond tair oed. Chlywodd Carys ddim sgrech na phrotest ganddi, ond mae hi'n clywed sŵn y tonnau o hyd.

Ers pan oedd yn blentyn roedd Steffan wrth ei fodd yn mynd i Ddinbych-y-pysgod. Cawsai ei swyno gan yr harbwr, a'r tai oedd yn balet o bastel ar ben y clogwyn uwchben y cei. Ysai am gael cyffwrdd y tai a'u gwasgu rhwng ei ddwylo fel fflwff soeglyd o farshmalows pinc a gwyn. Gallai gofio blas yr heli a'r hufen iâ yn un, yn hallt-felys nad oedd ei debyg. Tref glan môr y cerdyn post, lle nad oedd yr haul byth yn machlud, oedd bellach yn lleoliad eu hunllef hwy.

Wrth edrych ar y sêr drwy'r bwlch yn y cyrtens, dychmygai ddigwyddiadau'r prynhawn trallodus hwnnw. Roedd wedi drafftio'r olygfa ddwsinau o weithiau yn ei feddwl, bob nos am bum mlynedd. Cyfarwyddai'r ddrama, fel roedd Carys a Gruff wedi esbonio wrtho ganwaith.

> *'Dishgwl ar y tonnau, dere 'da fi i'r môr, Mam,' erfyniodd Gruff gan gicio'i bêl-droed cyn belled ag y gallai.*
>
> *Roedd niwl yr haf yn hongian dros y traeth, a blas mwynhau yn yr awel. Rhedodd Gruff i ganol y tonnau, heb ofn o fath yn y byd. Eisteddai Carys ar y tywod twym yn adeiladu mur o gylch y cestyll cam, i'w gwarchod. Roedd Nia yn palu am gregyn gyda'i rhaw. Estynnodd Carys am y botel hufen haul i'w rwbio ar ysgwyddau'r un fach. Persawr haf mewn potel blastig. Arogl coflaid mam a merch.*

Cododd Steffan y cwilt yn uwch dros ei ysgwyddau. Pwniodd a phlygu'r gobennydd yn y gobaith y byddai cwsg yn dod i'w ganlyn. Ond waeth pa mor flinedig roedd Steffan, ni ddeuai cwsg yn hawdd, os o gwbl.

Weithiau, mi fyddai'n teimlo'i hun yn llithro'n araf deg tuag at freuddwyd, ond cyn gynted ag y byddai'r freuddwyd honno'n dechrau cydio, diflannai'r hun o'i afael mewn eiliad fel pluen yn y gwynt.

Doedd Steffan ddim yn Ninbych-y-pysgod y prynhawn hwnnw am ei fod wedi mynd a Ceri, ei ferch o berthynas flaenorol, i siopa i Gaerfyrddin. Brigau bach newydd oedd Gruff a Nia, y ddau'n cystadlu â choeden arall am oleuni'r haul, yn chwilio am y golau gorau er mwyn tyfu'n dal ac i'r gwreiddiau gydio.

Rhwbiodd Steffan gefn ei ben yn erbyn y gobennydd unwaith eto, cyn hel ei draed ymlaen i'r rhan nesa o'r ddrama erchyll.

Yng nghanol y chwerthin braf, wrth osod ambell gragen ar y tyrau tywod, clywodd Carys lef o'r môr. Gruff oedd yn galw. Roedd wedi cael gwersi nofio er pan oedd yn ddim o beth, ond, ac yntau'n ddim ond saith oed, doedd o ddim yn nofiwr cryf. Felly, rasiodd Carys ato ar ei hunion.

Erbyn iddi ei gyrraedd a gwlychu at ei chanol, roedd Gruff yn chwerthin yn braf. Ei draed oedd wedi mynd yn sownd mewn gwymon, ac yntau wedi panicio. Roedd o'n iawn, diolch i'r drefn.

Wrth gofio am yr hyn na welsai erioed, cydiodd yr hiraeth arferol yng nghalon Steffan, a'r hiraeth hwnnw'n gwasgu â'i fachau bob diferyn o obaith ohono. Roedd ei freuddwydion yn boenus, pa un oedden nhw'n gwneud synnwyr ai peidio, ac, wrth iddo ddeffro, yn diflannu'r un mor swta ag y daethon nhw. Ond tydi'r hunllef yma byth yn peidio.

> Pan gyrhaeddodd Carys yn ôl at y mur wedi'r helbul efo Gruff, sylwodd nad oedd Nia yno. I ble roedd ceidwad y cestyll wedi mynd? Suddodd ei chalon fel petai rhywun wedi ei phlycio hyd at waelodion ei chroth. Roedd Nia wedi mynd.
>
> Cafwyd hysteria, a bu chwilio di-ben-draw, ond doedd dim golwg o'r cwrls tywodlyd, na'r llygaid siwgr toddi. Trodd sioc Carys yn lwmp go iawn wrth i gyhyrau ei gwddw geisio atal y cyfog, a theimlai fod rhywun neu rywbeth yn ceisio'i chrogi, fel y gwymon oedd yn tagu traed Gruff a hithau rai munudau ynghynt.
>
> 'Dim ond am funud 'nes i ei gadael' oedd yr unig beth y gallai ei ddweud am wythnosau wedyn. 'Roedd hi yno – yn chwarae, ond mi es i a gadael fy mabi. A nawr mae hi wedi mynd.'

Tydi pethau ddim wedi bod yr un fath rhwng Carys a Steffan ers hynny. Maen nhw'n cydorwedd o hyd, ond tydi'r un cariad ddim yn eu llygaid. Roedd rhywbeth wedi diffodd dan faich eu hiraeth.

Deallai'r ddau eu bod nhw wedi cyrraedd y pen

eithaf, ond doedd yr un ohonyn nhw'n fodlon cyfaddef hynny. Mi allai Steffan dderbyn bod pawb yn marw yn ei dro, gan wybod na fyddai yntau, ryw ddydd, yn bod. Ond doedd gan eu merch fach ddim carreg drosti i nodi ei bodolaeth – sut mae derbyn peth felly?

Bore 'ma, yn nhywyllwch y nos, does dim haul i gystadlu am y goleuni, felly mae'r sêr yn loyw lân, a'r llwybr llaethog yn wregys sy'n ymestyn fel bwa o un gorwel i'r llall. Gwyddai Steffan ei bod hi'n amhosib cyfri'r holl sêr: mae mwy ohonyn nhw nag sydd o ronynnau tywod ar bob traeth yn y byd. Ac er nad ydyn nhw'n amlwg bob amser, maen nhw yno, yn disgleirio yn yr un fan yn union bob nos. Caiff Steffan beth cysur o wybod hynny.

*Wyt **ti** yn yr un lle o hyd, Nia?*

03:10
Llanfair-pwll, Ynys Môn

Gwyrdd ydi hoff liw Sue. Gwell ganddi wyrddni'r lawnt na lliwiau llachar unrhyw ardd rosod. Y glesni sy'n arwydd o ffrwythlondeb mewn planhigion, ac yn symbol o adfywiad ac aileni gan rai.

Ond tydi'r gwyrdd sydd o flaen ei llygaid rŵan ddim yn wyrdd tlws. Hen wyrdd niwlog ydi o, un sy'n cymylu popeth o'i blaen.

Tydi'r goleuadau byth yn diffodd yn yr hosbis. Hyd yn oed yng nghanol nos mae lampau bach yn ymddangos dros y lle er mwyn i'r nyrsys allu bod wrth eu gwaith heb styrbio neb. Felly, er mai lle tywyll i eneidiau egwan ydyw, ddaw'r fagddu byth yno'n llwyr.

Gorweddai Sue yn amyneddgar yn ei gwely yn disgwyl am y diwedd, ei choesau chwyddedig yn pwyso ar dwmpath o glustogau, a'i gwallt yn socian o chwys. Mae hi wedi bod yma ers pythefnos bellach, ac er iddi dderbyn deunaw mis o driniaeth cemotherapi, a dysgu am ffeithiau dieithr y byd meddygol, mae'r broses o farw yn parhau i fod yn ddirgelwch iddi.

Aros am yr anorfod y mae hi, gweitied i ymadael. A phob diwrnod o'r disgwyl mae hi'n diolch am y canser, yn llawenhau ac yn falch mai ganddi hi mae'r salwch ac nid ei mab, ei brawd neu ei ffrind.

'Ti'n iawn, Sue?' Roedd un o'r nyrsys wedi sylwi ei bod yn gwingo. "Sgen ti boen?'

'Dim ond rhyw fymryn, mae'n *bearable*,' atebodd Sue yn wrol o dawel.

Estynnodd y nyrs syrinj o'r cwpwrdd, rhwygo'r gorchudd plastig oddi arno a mesur maint go dda o *morphine*. 'Coda dy dafod, blodyn.'

Mae'r gwyrddni ym mhobman o amgylch Sue erbyn hyn, ond o'i chwmpas hefyd mae lliwiau eraill. O'r lamp wrth ei gwely mae yna enfys fechan yn tywynnu – ei throed dde wedi ei phlannu ar ben y seidbord a'i throed chwith yn ymestyn at y llenni blodeuog ar ochr arall yr ystafell.

Teimlai Sue y gallai gerdded at yr enfys, ond wrth iddi geisio gafael amdani gyda'i dwylo gwantan mae'r bwa lliwgar yn diflannu rhwng ei bysedd. Mae hi'n ceisio nesáu ati eto, ond mae hi'n dianc oddi wrthi yn gynt nag y gallai hi redeg ati, a phont y glaw yn pylu yn gyfan gwbl. Rhyfedda Sue sut y gallai'r enfys ymddangos mor llonydd, ond ei bod yn amhosib ei dal.

Mae amgyffred Sue o amser yn wahanol i un pawb arall ers iddi ddod i fama: wrth orwedd, mae ei dyddiau a'i nosweithiau'n gwaedu i'w gilydd, a phan gaeith hi ei llygaid, diflanna awr mewn eiliad.

03:15
Ger Parc Cwmdonkin, Abertawe

Ti'n mwynhau hyn, yn dwyt? Bod yng nghwmni meddyg nodedig. Mi ofala i amdanat ti. Gwella'r clwyfau.

Roedd yna fudandod tyner o boptu'r rhandir. Pwysai ambell raw ar waliau'r cytiau fel tasen nhw'n gorffwys am y noson, ac roedd rhesi o botiau pridd wedi eu pentyrru'n furiau o glai wrth y siediau. Toeau sinc yn gafael mewn darnau dros dro o bren a metel, yn gysegrleoedd i'r perchnogion a'u taclau, a meinciau pren garw yn britho'r patsh yma ac acw. Brodwaith o geriach yn cwtsio dan olau'r lleuad.

Mae'r lle hwn yn noddfa i Efan Carrol. Yn fama mae o'n gallu plymio i ddyfnderoedd ei ddychymyg heb i'r un enaid amharu arno, a thu fewn i'w sied mae yna dawelwch unigryw, a fo piau'r llonyddwch hwnnw.

Gorweddai Manon Elwyn Price yn llipa lonydd ar slabyn pren yn y cwt. Ei gwallt, oedd fel tanllwyth o dân rai oriau ynghynt, bellach yn disgyn dros ochr y bwrdd fel clwt llestri, a thalp ohono'n dal yn damp lle roedd y morthwyl wedi ei tharo.

Mae dy glustiau di'n rhy fawr i'th wyneb, Manon fach. Dy drwyn yn rhy fain, efallai? Mi allet ti fod cymaint tlysach na'r hyn wyt ti. Gallwn ddatrys hynny mewn dim.

Suddodd Efan y gyllell i'w chroen, a daeth afon fechan goch o'i bol fel sudd o risgl coeden. Aeth Efan ati wedyn i sleisio un deth o'i dwyfron lawn, a'r gwaed yn ffrydio ohoni fel hollt yn ymledu'n araf dros fryn. Toriad arall, ar ei boch y tro hwn, ac arogl y gwaed yn felysach gyda phob tociad. Roedd cnawd Manon yn datod o'r asgwrn fel tasa 'na gigydd yn paratoi golwyth o gig oen.

Peth rhyfedd ydi greddf. Tydi pilipala ddim yn dodwy ar greigiau, ac mae'n amhosib atal gwenynen rhag casglu paill. Canlyn arferion cynhenid eu cyndadau a wnânt. Natur ar waith. A'r anian honno sy'n perthyn i Efan, un cwbl fecanyddol.

Roedd o'n cael pleser wrth fyseddu'r gwaed a lifai o'i chorff fel gwin coch, wrth iddo flingo Manon fel tasa hi'n gwningen.

Aberchwiler, Sir Ddinbych

O'r holl berthnasau a'r ffrindiau a edrychai arno o'r fframiau ar y wal, isio Dilwen yn ei hôl y mae Gwynant Owen. Mae o'n gofyn i Dduw bob dydd am gael ei gweld, neu ei chlywed yn canu eto. Yn tiwnio'r harmoni i unrhyw gân ar y radio neu yn y capel.

'"Holl amrantau'r sêr ddywedant, ar hyd y nos",' canodd iddo'i hun. Ond doedd neb i ganu'r alto. Dim nodyn yn nunlle.

Yn y llun ar y wal mae Dilwen yn magu Siwan, eu merch chwe mis oed, yn ei chôl. Mae hi'n gwenu arno o'r pictiwr – gwên gysurus, heintus, un na fedrai neb beidio rhoi gwên yn ôl arni.

'O mor siriol, gwena seren, ar hyd y nos.' Am eiliad roedd Gwynant bron iawn yn siŵr fod ei wraig yn siarad ag o.

Cer yn ôl i dy wely, Gwynant bach, mae gen ti ddiwrnod prysur o'th flaen.

Nodiodd Gwynant arni gan gydnabod mai hi oedd yn iawn. Siglai yn ôl ac ymlaen ar y gadair yn y *conservatory* a'i olygon at y wal o wydr o'i flaen, ei lygaid fel drychau'n adlewyrchu atgofion o'r gorffennol yn y ffenest.

Yn ei ddwylo mae o'n gafael yn sownd mewn gwydr diod gwag. Wrth ei symud o un llaw i'r llall mae'n sylwi bod y gwydr yn gwbl lyfn, ac nad oes crych yn agos ato o'r tu allan. Ond wrth edrych tu mewn i'r gwydr, mae crychau'n dod i'r golwg.

Rhyfedd o fyd.

Mae Gwynant yn gwybod nad ydi pethau cweit fel y dylen nhw fod ers tro. Anghofio geiriau wrth wneud croesair, methu ffeindio'r llefrith yn yr oergell, a'i ddarganfod wedyn mewn cwpwrdd yn yr ystafell ymolchi. Syllodd eto ar lun ei wraig, cododd o'r gadair a gosod ei frwsh dannedd yn y pridd ym mhot y begonia wrth y gadair.

'Rhown ein golau gwan i'n gilydd, ar hyd y nos.'

Mae'r crychau'n dod i'r fei ym mhobman, yn codi o ddim fel craciau mewn palmant sy'n hollti ac yn crwydro, cyn gwahanu.

03:40
Ger Parc Cwmdonkin, Abertawe

Mi ddo' i 'nôl atat ti cyn hir, Annie; mi fyddi di'n iawn yn y fan hyn am y tro. Fory cei fynd i gadw cwmni i Dorothy, Heidi ac Alice, i dir y rhyfeddodau o dan y letys, y ffa a'r courgettes; ond am y tro, ffarwél. Cwsg yn dawel.

Ymhen dim, mi fyddai'r wawr yn cau'r drws ar y nos, a gwyddai Efan felly ei bod hi'n amser iddo fynd yn ei ôl i'r ysbyty. Roedd angen cwsg arno cyn i'w shifft nesa ddechrau. Doedd dim llawdriniaethau ar ddydd Sadwrn fel arfer, ond ei dro o oedd hi i fod *on call* y penwythnos yma.

Heno, byddai'n rhaid iddo fynd adre at Olwen, ei wraig, er nad oedd fawr o awydd arno chwaith. Go brin ei bod hi'n gweld ei golli. A hithau'n artist, mae'n well ganddi siarad â'i lluniau na'i gŵr. Roedden nhw'n arfer bod yn bâr perffaith, ond erbyn hyn does yna fawr o Gymraeg, mwy na chariad, rhwng y ddau.

Mae'n gas ganddi hi'r ffaith fod Efan yn gweithio shifftiau anghymdeithasol, sy'n amharu ar ei chwsg gymaint â'i chwyrnu. Mae yntau'n achwyn bod ei swnian hithau'n amharu ar ei bwyll o gymaint â'i reswm.

Wrth gerdded i gyfeiriad yr ysbyty sylwodd Efan fod gwlith ar y gwair. Dagrau croyw'n glynu wrth bob llafn – argoel bod tywydd teg ar droed. Sylwodd hefyd

27

fod ganddo grafiad go gas ar ei fawd. Doedd o ddim yn anaf difrifol o gwbl, ond o'i weld mi hidlodd bodlonrwydd pleserus drwy ei wythiennau, wrth i'r mymryn hwnnw o friw a gawsai wrth sleisio yn y sied roi boddhad o'r mwyaf iddo.

Teimlai'r un balchder ag yr arferai ei brofi ar ôl cael dolur pan oedd o'n blentyn, a'i fam yn brolio, 'Dwyt ti'n fachgen dewr, Efan. Arwr Mami.'

Gwenodd.

08:05
Trefnant, Sir Ddinbych

'Pen-bwydd hapus i Elin, pen-bwydd hapus i Elin, pen-bwydd hapus i Eliiiin, pen-bwydd hapus i fiii,' canodd Elin wrth sgipio o gwmpas y gegin law yn llaw â'i doli glwt, Magi Mw. 'Ga' i ben-bwydd eto heddiw, Mam?' gofynnodd yn eiddgar.

'Na chei, ddim heddiw, cyw,' atebodd ei mam wrth ollwng y bara i mewn i'r tostiwr.

A hithau'n dair oed ers pythefnos, roedd Elin James yn benderfynol. 'Dwi ISIO pen-bwydd arall.' Dawnsiodd yn ei blaen rownd y bwrdd yn grwnan pen-blwydd hapus iddi ei hun, a Magi Mw, y ddol fach, yn cael ei llusgo gerfydd ei braich frau ar draws y llawr.

'Fydd 'na ddim pen-blwydd arall i chdi tan flwyddyn nesa, Els bach, ond mae Ifan yn cael ei ben-blwydd cyn diwedd yr haf. Gawn ni barti arall bryd hynny, ôl-reit?' ceisiodd ei mam ei chysuro. 'Tyrd at y bwrdd i gael dy frecwast, mae'n ddiwrnod prysur i ni heddiw. 'Dan ni angen mynd i weld Taid yn gwisgo dillad Steddfod yn dre cyn mynd i'r Rhyl wedyn.'

'Dillad Steddfod?' crychodd Ifan ei drwyn dros ei Coco Pops.

'"Sêr y nos yn gwenu, cychau llon yn canu, dewch i beseb Beee-thleee-hem, i wed y baban Iee-ee-su."' Roedd Elin wrthi'n magu Magi Mw o dan y bwrdd erbyn hyn, ac wedi troi ei golygon at y Nadolig!

'Ia, wsti'r seremoni 'nes i sôn wrthot ti amdani –

29

pnawn 'ma yn dre. Mae Taid yn aelod o'r Orsedd, dydi?'

Crychodd Ifan ar ei fam eto mewn penbleth. 'Tydi hi ddim yn Ddolig am amser hir eto, Elin. Cau dy geg,' meddai gan roi cic dawel i'w chwaer dan y bwrdd.

'"Dewch i beseb Bee-thle-hem i weld y baban Iee-ee-su".' Cymerodd Elin anadl enfawr cyn dal ati at y cymal olaf, '"Dewch i beseb Bee-thleeee-heeeem i weld y baban Ie-su."'

'Ydi dy stwff di'n barod i fynd i Lundain, Ifs?' Triodd Siwan Gwynant James ddal sylw Ifan rhag iddo bryfocio'i chwaer fach yn ormodol. 'Mi fydd raid i ni fynd yn syth o Ddinbych i'r Rhyl, cofia, i ddal y trên. Gwna'n siŵr fod dy beiriant *DS* di a dy lyfra di'n barod. Ma Llundain yn reit bell, sti.'

'Yes!' meddai Ifan, yn gwenu fel giât. 'Dwi'n rili edrych ymlaen at weld Nana a Gramps.'

'Hy!' mylliodd Elin, wedi digio'n lân efo pawb. 'Dwi ddim isio parti Ifan. Dim ond pen-bwydd Elin. Dim ond fi, 'de Magi Mw?' Taflodd ei bicyr ar y llawr. 'Dwi isio pesant pen-bwydd i Elin.'

'Be wyt ti isio fel anrheg felly, Els bach?' holodd Siwan yn goeglyd braidd.

'Isio Dad yn ôl!' meddai, a martsio o'r gegin.

08:06
Moelfre, Ynys Môn

Mae'r cleisiau ar ei braich wedi mendio erbyn heddiw. Dydyn nhw ddim mor biws ag y buon nhw, ond maen nhw'n dal yno – yn strempia porffor wedi eu peintio rywsut-rywsut drosti. Mae ganddi greithiau hefyd, rhesi o farciau bychan lle roedd ei 'winedd wedi carpio'i chnawd dros y blynyddoedd.

Maria druan.

Pan ddechreuodd y cwbl, ryw chwe blynedd yn ôl, byddai Cynan yn colli ei limpyn dros y peth lleiaf. Mi fyddai'n gweiddi nerth ei ben ac yn sgwario'n fygythiol tuag ati – heb gyffwrdd ynddi, dim ond gweiddi. Yna byddai'n dod at ei goed yn reit handi, wrth i lanw o lonyddwch olchi drosto. Ar eu hunion wedyn mi fyddai'r ymddiheuriadau'n landio, yr isio mwythau, a'r crio fel babi.

Buan iawn y trodd yr hyrddiau hynny'n rhai llawer iawn mwy. Rŵan, mae ei dymer yn waeth nag erioed, ei ddwrn yn cau pen y mwdwl ar unrhyw drafodaeth sydd ddim yn mynd o'i blaid.

Mae Maria yn falch ei fod o'n medru cael gwared â'r cythraul yn ei ben drwy ei tharo. Gwell ganddi ei fod o'n ei phwnio hi nag yn waldio rhywun arall. Roedd yna orffwylledd yn ei lygaid ers blynyddoedd, ond dewis Maria oedd peidio gweld y gynddaredd.

Heddiw doedd dim dal pen rheswm efo fo. Roedd

gan Cynan fwriad nad oedd am i Maria wybod amdano.

Claddodd lond bol o frecwast, ac i ffwrdd â fo heb ffarwél. Roedd ganddo *joban* – dyna'r unig gliw gafodd Maria.

Deuddeg oed oedd Cynan pan ddyrnodd ei fam am y tro cyntaf.

08:07
Groeslon, Gwynedd

Mi ddaeth y bore at Angela awr cyn i'r haul godi heddiw, mwya'r piti, a hithau'n ddydd Sadwrn.

Bob nos mi fyddai'n gosod y larwm hanner awr ynghynt na'r angen er mwyn gallu treulio mwy o amser yn gorweddian ar ôl i'r bore gyrraedd – esgus ei bod yn cael sbelan ychwanegol o dan y cwilt cynnes braf, ond meddyliai'n aml fod honno'n hen ddefod hurt, ac oni fyddai'n well iddi gael hanner awr yn rhagor o gwsg?

A hithau'n ddydd Sadwrn, doedd yr angen i godi mor fore ddim o bwys. Roedd y tŷ'n dawel fud, a rhyw rin braf yn snecian o dan ddrws y llofft o'r ffenest ar y landin.

Mor wahanol oedd y penwythnosau i foreau ysgol. Roedd y rheini'n debycach i faes y gad na chartref dedwydd: Nel a Bedwyr yn ymrafael am y gawod gyntaf, ras wyllt i orffen gwaith cartref, a gweddillion creision ŷd a thost yn friwsion dros lawr y gegin. Er mor drefnus y ceisiai Angela fod cyn clwydo, doedd pethau byth yn mynd fel y dylen nhw drannoeth.

Roedd Angela yn reit debyg i gapten llong yn trefnu fflyd o gychod, gyda phob dim yn ei le'r noson cynt: bagiau ysgol ac esgidiau wrth y drws ffrynt, gwisg ysgol wrth erchwyn y gwely, dillad isaf a sanau glân ar y gwresogyddion, a phast yn barod ar frwsh dannedd y ddau. Dichon fod Angela yn gwneud gormod, ond

33

dyna oedd mam i fod i'w wneud: gofalu am ei phlant.

Gwisgodd ei gŵn nos a mynd i lawr y grisiau. Roedd Meic wedi gadael ers canol nos ar gyfer shift cynnar yn y ffatri. Mi fyddai'n siŵr o fynd i weld Sue cyn dod adref; roedd o wedi bod yn yr hosbis bob dydd ers iddo glywed am salwch ei chwaer. Yn feunyddiol ers pythefnos.

Pythefnos i wneud yn iawn am ugain mlynedd o dawelwch, dau ddegawd o ddigio. Difarai Angela na fyddai Meic a Sue wedi cymodi ynghynt. Tydi efeilliaid ddim i fod ar wahân, a tydi gwely angau ddim yn lle delfrydol i drin hen glwyfau.

08:20
Cefneithin, Sir Gâr

Yr unig ystafell yn y tŷ lle caiff Gruff lonydd gan ei chwaer ydi'r ystafell ymolchi i fyny'r grisiau. Heblaw am fanno mae hi'n bodoli mewn ffrâm neu ar gynfas ym mhob ystafell yn y tŷ: ar y wal wrth fynd i fyny'r grisiau, ar y silff ben tân yn yr ystafell fyw, ar y silff lyfrau yn y stydi, ar y wal yn y tŷ bach i lawr grisiau, ac ar ben y dresel pin golau yn y gegin. Ond, o bob un o'r darluniau hynny, hwnnw sydd ar ben y dresel mewn fframyn arian gloyw sy'n codi'r hiraeth mwyaf ar Gruff.

Mi gafodd y llun ei dynnu ar brynhawn y cyngerdd Nadolig cyn i Nia fynd ar goll. Dyflwydd oed oedd hi'r Nadolig hwnnw, ac roedd hi wedi cael ei dewis i fod yn un o anifeiliaid y stabl yn nrama'r Geni yn y cylch meithrin. Asyn oedd hi i fod, ond roedd golygon Nia yn uwch na hynny. A hithau'n rêl *girly girl*, yn binc neu'n biws o'i chorun i fodiau ei thraed, erfyniai am gael bod yn angel. Tinsel roedd hi isio ar ei phen, nid clustiau.

Mi geisiodd ei rheini egluro wrthi pa mor bwysig oedd rôl yr anifeiliaid yn y stori, yn enwedig gyfraniad allweddol yr asyn yn sicrhau fod Mair wedi cyrraedd y stabl yn saff. Ond er nad oedd Nia yn chwennych bod yn ful, yn sicr mi fuodd hi'n ymddwyn fel un! Ac o ganlyniad i'w ystyfnigrwydd dyflwydd oed, mi gafwyd asyn go arbennig yng Nghylch Meithrin Eithin y flwyddyn honno. Gwnïodd Carys ddegau o secwins dros y blew llwyd, ac roedd gan yr ebol yma *hairband* wedi ei wneud o dinsel. Mi unionwyd y cam i raddau.

Ond tydi'r cam a gafodd y teulu'r haf a ddilynodd y Nadolig hwnnw erioed wedi ei unioni. Ac er nad oes neb yn gwybod be sydd wedi digwydd i Nia, boed hi'n fyw neu'n farw, mae'r galar i'w deimlo'n drwm ym muriau'r tŷ o hyd.

Drwy'r ffotograff ar y dresel y bydd Gruff yn siarad efo Nia. Tydi hi ddim yn ei ateb, ond mae Gruff yn hoffi dweud ei hanes wrthi, heb i neb arall wybod.

Tydi o ddim isio bod fel ei fam. Mae Carys yn siarad â Nia drwy'r amser, ym mhobman. Yng nghypyrddau'r gegin wrth gadw'r llestri, ma hi'n sgwrsio â hen ficyr oren yr oedd Nia yn sipian ohono a marciau ei dannedd yn glir ar ei big. Mae Carys yn siarad yn aml â chlustog porffor ac oren ar y soffa yn yr ystafell fyw, hoff lecyn Nia i wylio cartwnau gyda'i chwrlid cysur a'i dymi. Ac am ei byw y rhoith hi o'r neilltu'r brwsh dannedd Peppa Pinc sydd ar bwys y basn ymolchi, am ei bod hi'n coelio y bydd Nia yn gofyn amdano pan ddaw hi yn ei hôl.

Mae eneidiau'n bod mewn dodrefn ymhell ar ôl y diwedd.

Mi fasa Gruff yn rhoi'r byd am gael ei chwaer yn ei hôl hefyd. Mi dorrodd ei galon eiddil seithmlwydd y pnawn hwnnw yn Ninbych-y-pysgod, ac er ei fod bellach yn dair ar ddeg oed mae o'n ysu am gael bod yn frawd mawr unwaith eto.

36

Mae'n gas gan Gruff weld ei fam mor ddigalon. Mae o'n ei chlywed yn crio yn ei gwely bob nos, yn dawel. Ac mae crio distaw yn waeth na griddfan uchel. Mae o'n grio sy'n treiddio i ddyfnderoedd emosiwn a chydwybod y person sy'n ei glywed.

Heddiw ydi diwrnod gollwng y gloÿnnod byw. Bob blwyddyn ers i Nia ddiflannu, ar y diwrnod yma mi fydd y teulu bach yn rhyddhau swp o bilipalas o focs cardbord sy'n cael ei gyflenwi gan gwmni trefnu priodasau o Loegr. Mae glöyn byw yn trawsnewid bedair gwaith cyn marw. Symboliaeth mewn meta-morffosis efallai.

Caiff Carys gysur o hynny, ond chaiff Gruff ddim, yn enwedig pan wêl y gloÿnnod byw sydd wedi marw yng ngwaelod y bocs.

Ddaw hi ddim yn ei hôl, yn ei dyb o. Ond mae o'n dyheu. Mae o'n gobeithio gyda phob owns o deyrngarwch sydd ganddo fod Nia yn rhywle yn disgwyl amdano, yn edrych amdano – yn union fel y mae o'n chwilio amdani hithau.

09:20
Groeslon, Gwynedd

Nid Angela oedd y gyntaf i godi; roedd Bedwyr yn gorwedd ar y soffa'n pwffian chwerthin wrth wylio rhaglen Tudur Owen, oedd wedi ei recordio ers neithiwr, a phowlen o Shreddies ar ei hanner ar y bwrdd coffi. Roedd Nel yn ei gwely o hyd.

Credai Angela fod plant angen cwsg, yn enwedig yn eu harddegau, ac roedd Nel fel ystlum – gallai gysgu drwy'r dydd, mewn cwsg mor drwm â'r meirw.

Wrth lenwi'r teciall i gael ei phaned gyntaf o nifer y bore hwnnw, sylwodd Angela fod yr awyr yn wyn, ond bod ambell gwmwl llwyd yn ymgasglu, arwydd na fyddai'n ddiwrnod mor braf â hynny hwyrach.

Shifft fer oedd ganddi heddiw gan ei bod hi'n ddydd Sadwrn: dim ond dau gleient, a Tecwyn Evans, Clynnog, yn un ohonyn nhw. Roedd Angela yn ffond iawn o Mr Evans gan ei fod yn ei hatgoffa o'i thad.

Paned amdani rŵan gan na fyddai raid iddi fwrw ati tan ar ôl cinio.

Ymlaciodd, a swatio yn y gadair freichiau wrth ochr yr Aga, efo cwpan o de tramp a KitKat yn gwmni. Agorodd y *Daily Post* yn syth ar dudalen wyth, er mwyn tsiecio oedd hi'n nabod rhywun yn yr *obits*.

10:00
Rhydyclafdy, Gwynedd

Gan ei fod yn unig blentyn, ofnai Sharon adael i'r gwynt chwythu ar ei mab. Roedd y misoedd diwetha heb Siôn wedi bod yn uffern, a'r unigrwydd wedi ei llethu fel tasa ganddi'r ddannoedd yn barhaol.

Am hydoedd bu'n ofni clywed cloch y drws ffrynt, a doedd hi byth yn ateb y ffôn. Âi i gysgu i sŵn Sky News, a deffro yn y bore i'r un mwstwr – rhag ofn iddi golli rhywbeth. Roedd hithau hefyd yn ei hiraeth yn gwasanaethu'r fyddin.

Roedd Siôn yn ei ôl ym Mhen Llŷn ers tair wythnos rŵan a'i fam wedi gwirioni ei gael adref, ond roedd rhywbeth yn wahanol amdano. Roedd o'n deneuach yn un peth, a'i wallt mahogani golau'n fyrrach o'r hanner. Meddyliai Sharon ei fod yn dalach hefyd efallai, ond, yn fwy na dim, tu ôl i'w lygaid gwelai ei fam gysgodion na welsai erioed o'r blaen, fel ogofâu heb derfyn.

'Dapia, mi fasa Nain Sir Fôn yn gwaredu,' ochneidiodd Sharon wrth edrych ar y tebot tsieina'n ddarnau mân ar deils y gegin. Roedd Siôn wedi plymio i'r llawr pan glywodd y sŵn. Rhoddodd ei freichiau dros ei ben a chwrcwd ar y llawr o flaen y soffa. 'Ti 'di gweld y llanast mae dy fam wedi'i neud?' holodd Sharon drwy'r hatsh bach yn wal y gegin. Roedd hi bron yn siŵr fod Siôn ar y soffa funud yn ôl yn gwylio *Soccer AM*, ond doedd o ddim yno rŵan.

Safodd ar flaenau ei thraed a phwyso ar y *working top* er mwyn gallu gweld yn well. Cofiai sut y byddai Siôn yn chwech oed wrth ei fodd yn chwarae'r helpwr bach yn llwytho'r llestri smâl drwy'r twll bach o'r gegin i'r parlwr. Yna gwelodd ei mab ar ei liniau. 'Be sy, Siôn? Ti'n iawn?'

Sobrodd Siôn yn reit handi. 'Blydi hel, yndw Mam, paid â ffysian.' Gwridodd. Ers iddo ddod yn ôl, roedd Siôn yn clywed bwledi ym mhobman, a sŵn craciau swnllyd yn dod o nunlle.

Tydi rhyfel ddim yn dod i ben ar ôl i filwyr ddychwel. Mae rhyfel yn loetran, yn ymestyn o'r *howitzer* a'r tanciau yn y diffeithwch i'r cwpwrdd cornel yn yr ystafell fyw. Mae Sharon ar ei phen ei hun eto, er bod Siôn adref.

10:40
Caernarfon, Gwynedd

Roedd yr wyau'n rhyfeddol o dda, y bacwn yn dew a blas mwy arno, â phisyn perffaith o fraster ar yr ymyl. Y te'n dod mewn tebot metel, a chwpan a soser tsieina go iawn oedd yn cadw'r baned yn boeth. Eisteddai Richard Elwyn Price yng nghornel y caffi, yn bell oddi wrth y berw boreol, ond yn ddigon agos i glywed.

'Be gest ti i frecwast, Mary?' holodd Myfanwy, a'i gwallt sidanaidd oedd wedi britho'n plagio dros ei haeliau du.

'Banana,' atebodd Mary, ei gwallt hithau wedi ei glymu 'nôl mewn bynsen lem fel Sali Mali wedi heneiddio.

'Dim ond banana?'

'Ia, sti. Dwi'n prynu gormod ohonyn nhw ac maen nhw'n troi'n ddu mor handi. Be 'na i efo nhw i gyd, dŵad?'

Roedd y seiat blygeiniol wedi hen ddechrau yng Nghaffi Lona ar y stryd fawr. Wrth y bwrdd mae Mary, Myfanwy, Ann a Beryl.

'Sut wyt ti, Donald?' gofynnodd Beryl gan sipian yr ewyn o'i *cappuccino*, a staen blynyddoedd o nicotin rhwng bys yr uwd a'i bys canol yn dangos wrth iddi gydio yng nghlust y gwpan. 'Ti'm yn edrych yn dy bethau,' meddai wrth ŵr eiddil yr olwg a'i wallt rhwng gwyn a du oedd newydd gerdded at y bwrdd.

'Gwell na ddoe, diolch Beryl,' ochneidiodd Donald.

41

'Gymrish i dabledi at y stumog. *Oh, it made me ill.*'

'Affectio dy bowels di, ia?' nodiodd Mary â chonsýrn.

'Ia del, ddoth June ata i – June drws nesa. Duwcs, dynas glên 'di June. Isio helpu pawb, dydi?'

'Yndi, un fel 'na 'di hi 'di bod erioed, chwarae teg,' ategodd Mary.

'Biti na fasa hi'n rhoi ei dannedd gosod isa i mewn *though, ia?*' ychwanegodd Donald o ddifri, wrth roi crib drwy'r Brylcreem yn ei wallt.

'Diodda o ylsyrs mae hi, 'de,' atebodd Myfanwy gan roi côt newydd o baent coch ar ei gwefusau.

Roedd Richard Elwyn Price wedi ei hudo gan gaffis. Roedden nhw'n ei ddenu lle bynnag y byddai: y lliwiau, y llestri, a'r lleisiau.

Ers degawd bellach roedd o'n Farnwr Cylchdaith, ac mi fyddai ei waith yn mynd â fo i wahanol ardaloedd o Gymru. Gydol yr wythnos yma roedd wedi bod mewn achos llys yng Nghaernarfon, dipyn o ffordd o'i gartref yn Abertawe, ond yn newid bach, ac roedd hynny wrth ei fodd.

Doedd arno fawr o frys i fynd yn ei ôl i'r de, gan na fyddai neb yno yn ei ddisgwyl beth bynnag. Yn dilyn ei ysgariad ddeunaw mlynedd yn ôl, roedd ei fab, Iolo, wedi penderfynu mynd i fyw ato fo, ac arhosodd ei ferch, Manon, gyda'i mam yng nghartref y teulu. Er y gwahanu, roedd bywyd wedi bod yn bur dda tan fis Tachwedd ddwy flynedd yn ôl, pan chwalodd y byd a arferai fod fel cromen eira hardd – yn rhacs.

Roedd ei fab, ei unig fab, wedi cael ei ddarganfod yn crogi yn yr ardd gefn, a llythyr yn ei boced. Y weithred wedi ei chynllunio'n drwyadl, fel y gallai ffoi o'i fodolaeth amherffaith.

Mi gollodd Iolo ei swydd mewn Canolfan Antur Awyr Agored gwta flwyddyn cyn hynny, ac wedi mynd i drafferthion ariannol. Ni wyddai Richard Elwyn Price hyd heddiw pam y cawsai ei fab ei gardiau, ond roedd yna gwmwl go llwm yn ei lethu, nes i'w deimladau geulo cymaint – a bod yn well ganddo farw.

Wedi hynny, bu'r tad yn darllen llawer am hunanladdiad mewn llyfrau, cylchgronau ac ar y we, yn chwilio am reswm, am unrhyw eglurhad pam roedd gan ei fab awydd mor fawr i farw. Doedd Iolo ddim yn eithriad; mae mwy o bobl yn gwneud amdanyn eu hunain bob blwyddyn nag sy'n marw mewn rhyfeloedd, llofruddiaethau a thrychinebau naturiol i gyd efo'i gilydd.

Mae bodau dynol isio bod yn wrol mewn creisis. Megis llew mewn peithdir yn ei offrymu ei hun i'w elynion, i sicrhau bod gweddill y teulu'n gallu diengyd. Daeth Richard Elwyn i'r casgliad mai dyma oedd natur meddwl ei fab ar y pryd, yr anian anifeilaidd honno i drio peidio achosi strach i neb arall.

Hyd heddiw byddai pobl yn rhyfeddu at gryfder y barnwr, ond roedd ganddo gyfrinach na rannai efo neb.

Am flynyddoedd, ar ôl oes mewn llys barn, byddai'n

arfer deffro yn oriau mân y bore gan dybio'i fod wedi clywed y gloch yn canu, neu ei fod yn gweld llewyrch glas yr heddlu drwy'r llenni. Dychmygai ganwaith fod plismon ar fin cnocio'r drws i ddeud fod un o'i blant wedi ei ladd mewn damwain car neu wedi cael ei losgi mewn tân.

Felly, am ryw reswm na allai egluro iddo'i hun, heb sôn am neb arall, roedd hi'n haws dygymod â'r ffaith fod Iolo wedi cyflawni hunanladdiad, yn hytrach na'i fod o wedi cael ei ddwyn o'r byd hwn drwy hap mewn damwain drasig.

> Does bosib y byddai neb yn deall bod tad yn ysgafnach ei galon o wybod fod ei fab wedi lladd ei hun. Pwy allai ddeall y fath beth, y ffasiwn resymeg?

Cyfrinach oedd hon yr oedd wedi ei lapio'n ddiogel ers dwy flynedd, a'i chadw o'r golwg yn nhwll dan stâr ei feddwl.

'Ti'n iwshio valance, Ann?' tarfodd Myfanwy ar fyfyrdod y barnwr. 'Wsti, rhoi'r valance rownd gwaelod y gwely? It's nice, you know.'

'Yes, it does look nice, doesn't it?' atebodd Ann a'i chefn yn plygu dros y bwrdd ar ôl i flynyddoedd o ofidiau ei chamu. Roedd hi'n dallt pob gair o'r Gymraeg ond ddim yn ei siarad.

'Celia, tyrd i ista i fama, dol.' Cyfarchodd Mary'r newydd-ddyfodiad arall. Roedd Celia yn stwcen o ddynes, ac er gwaetha'i hysgwyddau tewion, mae'n gwyro i un ochr dan bwysau'r holl neges sydd ganddi. 'Ro'dd hi'n goblyn o oer peth cynta, yn doedd?'

'Oedd, diawledig i feddwl ei bod hi'n *June*,' cwynodd Celia wrth osod y bagiau llawn dop o dan y bwrdd yn ffwdanus.

'Fyddi di yma ddydd Llun?' holodd Myfanwy gan rwbio'i gweflau yn ei gilydd i daenu'r minlliw yn iawn wrth wneud ceg sws.

'Na, dwi'n mynd ag Avril i Glan Clwyd,' atebodd Celia.

'Be sydd?'

'*Varicose veins.*'

Chwarddodd Richard Elwyn Price yn ddistaw wrth glustfeinio ar y janglo adloniadol. Roedden nhw i gyd yn dod i mewn fesul tipyn, fel adar yn eistedd yn un rhes ar ben weiran drydan yn sgwrsio am newyddion y dydd.

Anfonodd Richard drydedd neges destun i'w ferch. Roedd Manon yn arfer ei ateb yn syth, ond cofiodd ei bod hi'n dal yn fore, ac ella nad oedd hi wedi deffro hyd yn oed. Byddai'n ei gweld fory yn ôl yr arfer, gan fod Manon Elwyn Price a'i thad wastad yn cael cinio Sul efo'i gilydd. Edrychai Richard ymlaen yn arw; roedd pnawniau Sul gyda'i ferch yn sanctaidd, ond tan hynny roedd am fwynhau gweddill ei baned yng nghwmni'r adar brith.

'My mother never had lilac in the house, you know,' cyhoeddodd Ann.

'Lwc ddrwg, ia?' cynigiodd Myfanwy. 'Be oedd y

45

mater, tybad, wsti – ar leilac? Ddeudodd hi erioed?'

'Roedd Mam 'run fath efo plu paun hefyd,' ychwanegodd Celia, oedd yn edrych fel y ddrychiolaeth, a'r bagiau dan ei llygaid gymaint â'r rhai y bu'n eu cario rownd y dref drwy'r bore.

'Oh yes, of course, peacock feathers – it comes from Greek mythology, I think. A monster was covered with a hundred eyes and then he was turned into a peacock,' ategodd Ann gan sychu ei cheg â'i hances phoced.

'Iesu mawr, uffernol 'de? Yr *Evil Eye*.'

Gyda hynny daeth gŵr â locsyn brith i mewn i'r caffi; roedd ei wallt llwyd-ddu'n flêr ac yn debyg i rywbeth y basa rhywun yn ei ddarganfod mewn seler wedi hel llwch. Tawelodd y criw ryw fymryn, er iddo'u cyfarch.

'Helô, Rol,' meddai Donald yn siomedig, fel hen gi oedd yn medru adnabod ffrind ond hefyd yn cofio gelyn.

'Bore da,' atebodd Rol fel y gog. 'Tydi hi'n fore perffaith?'

10:45
Llanfair-pwll, Ynys Môn

Mae hi'n anadlu'n ddyfnach heddiw.

Heb os, mae yna newid wedi bod.

Mae Sue a Meic yr un oed yn union, er bod Sue dair munud a deugain eiliad yn hŷn na Meic. Ond, wrth edrych arni'n gorffwys o'i flaen yr eiliad yma, nid dynes hanner cant ac wyth a welai Meic – mae o'n gweld plentyn.

'Sue bach' y'i gelwid, er mai hi oedd y chwaer fawr yn swyddogol, a 'Sue fach Pen Eithin' sydd yma rŵan yn gorwedd yn yr hosbis, ac yntau'n ei gwylio'n pendwmpian yn union fel yr arferai ei neud wrth i'r ddau gysgu yn ochr ei gilydd mewn gwely dwbl am flynyddoedd oherwydd bod gan Sue ofn y nos ar ei phen ei hun.

Tybed oes gan Sue ofn y nos o hyd?

Y gwely cynhesa, a'r un mwya clyd a gafodd neb erioed oedd hwnnw. Yn fanno y bydden nhw'n chwarae *tents* yn ystod y dydd os oedd hi'n glawio. Bydden nhw'n agor y *poppers* ar waelod y gorchudd gwely er mwyn gwneud lle i ddringo i fyd newydd, llawn anturiaethau.

Mi fydden nhw'n gosod coes brwsh yn y canol i ddal y fantell uwch eu pennau er mwyn creu lloches gysgodol oedd fel pafiliwn mawr mewn ystafell fach.

47

Y dasg ar ôl gosod y babell oedd ailgartrefu'r teganau: un ochr ar gyfer doliau Sue, a'r ochr arall yn faes parcio i dryciau a cheir Meic. Doedd yr un o'r ddau isio bod wrth ymyl yr adwy fodd bynnag, achos roedd llai o le yn fanno i osod eu pethau. Ar ôl i bawb fudo, mi fydden nhw'n setlo i chwarae'n fodlon braf, gan fynnu ciniawa tu fewn i'r guddfan gyda'r cwmni dethol.

Mi fyddai'n braf cael bod yn ôl yn fanno rŵan.

Er bod Sue yn cysgu'n sownd ac yn ymddangos yn heddychlon, roedd Meic hefyd yn gweld poenau'r misoedd diwetha wedi eu hysgythru'n blaen mewn llinellau dwfn dros ei hwyneb fel tasa rhywun wedi ysgrifennu ei hanes arni.

Ella nad poen y chemo yn unig sydd wedi gadael ei farc, ond pryder ugain mlynedd o boeni'n greithiau drosti.

Bythefnos yn ôl y gwelodd Meic ei efaill am y tro cyntaf mewn ugain mlynedd. Doedd y ddau ddim wedi siarad ers i Sue gael babi gydag un o ffrindiau gorau Meic. Roedd Julian yn briod ar y pryd, ac mi roedd y cwbl yn dipyn o ddrama.

Mynnodd Meic bryd hynny na fyddai o byth yn maddau i'w chwaer am chwalu perthynas dau ffrind oedd mor agos ato, gan roi mwy o bwys ar gyfeillgarwch na malio am deimladau ei chwaer. Mynnodd hithau bryd hynny na fasa hi byth yn troi ei chefn ar ei brawd tasa'r esgid wedi bod ar y droed arall.

Ond doedd dim troi ar feddwl Meic. Roedd ei styfnigrwydd yn gryfach na'i allu i faddau. Ac er bod mul yn bengaled nid yw'n ddwl, ac mi wyddai Meic y byddai'n difaru ryw ddydd. Ond gyda'i falchder yn gadarnach na'i barodrwydd i faddau, haws o'r hanner oedd rhoi ei ben yn y tywod wrth i'r blynyddoedd droedio heibio.

Gwyddai Sue nad oedd modd newid piniwn ei brawd o achos y sgandal roedd hi wedi'i chreu. Ond roedd ganddi fab i gydio'n dynn ynddo, a'i drysori a wnaeth, beth bynnag oedd y stori tu ôl i'w greu.

> 'Mae'n rhaid i chdi fynd,' mynnodd Angela ar ôl clywed am salwch ei chwaer yng nghyfraith. 'Mae hi'n efaill i chdi, ac mae'n rhaid i chdi feddwl am y rhai sy'n cael eu gadael ar ôl. Mi fydd Robin dy angen di.'

Bu Angela yn erfyn ar i'w gŵr gymodi efo'i chwaer am wythnosau. Roedd hi fel dŵr yn treulio craig, byth yn peidio, nes roedd y graig un ai'n ildio neu'n cael ei herydu'n llwyr.

Rhoddodd Meic y gorau i'w ystyfnigrwydd, a bu'n ymweld â'r hosbis bob dydd. Roedd Sue yn wan, ond roedd gweld ei brawd a chael cymodi yn ei chryfhau ryw fymryn.

Roedd Robin, ei fab, yr un ffunud â Meic – y mab oedd wedi achosi'r holl rycsiwns yn y lle cynta. Erbyn hyn roedd o dros ei bedair ar bymtheg, ond doedd Meic erioed wedi sôn wrth Nel a Bedwyr fod ganddyn nhw gefnder, a doedden nhw rioed wedi ei gyfarfod.

Doedd dim llawer o amser ar ôl; gwyddai Meic fod ei chwaer ar fin darfod. Clywai sŵn marwolaeth yn gwasgu ei ffordd drwy ei hanadl, yn un byrlymiad gwlyb yn ei gwddf, wrth i'w hiau foddi mewn hylif. A chyda golygfeydd o'r gorffennol yn troelli o'i gwmpas fel chwiws uwchben golau cannwyll, gwyddai na fyddai pythefnos o ymweld a chlosio unwaith eto yn gwneud yn iawn am fwlch o ugain mlynedd.

Ond o leiaf mi roedd Meic wrth ei hochr rŵan, yn union fel yr oedd o yn y groth.

10:50
Caernarfon, Gwynedd

Talodd Richard Elwyn Price am ei frecwast. Roedd yn barod rŵan i wynebu'r daith yn ôl i Abertawe, fel camel wedi stocio'i grwmach. Dotiodd at y criw oedd wedi ei ddiddanu am yr awr ddiwetha. Gwelai'r caffis y byddai'n galw ynddynt fel ynysoedd bach, ac yntau'n deithiwr talog yn darganfod cenedl newydd sbon bob tro. Roedd Caffi Lona yn un o'r rhai difyrra.

Ers i'r dyn barfog â'r gwallt blêr gyrraedd, sylwodd Richard nad oedd y sgwrsio mor rhwydd, a gallai'r barnwr deimlo rhyw anesmwytho ymysg yr adar brith.

'Mae hi'n addo glaw pnawn 'ma, meddan nhw,' nododd Rol, yn ceisio cynnal sgwrs â'r gweddill, a'i wyneb ar goll tan ei wallt fel wal dan orchudd o iorwg.

'Yndi, duwcs,' atebodd Myfanwy. 'Hei, Rol, fyddi di ddim yn dod i'r pen yma yn aml dyddia yma, na fyddi di? Wsti, ers i ti symud o ffor' hyn.'

'Na, Gwlad y Medra pia hi i mi rŵan,' chwarddodd yn nerfus. 'Môn Mam Cymru - *no place like home* 'di adra 'de. Er, mi fydda i'n licio dod i fy hen *haunts* bob hyn a hyn, ynte Myfanwy, i weld yr hen griw.'

Roedd gan Richard Elwyn Price ddawn go dda, yn ei dyb ei hun, i allu darllen sefyllfa. Yn aml gallai ddyfalu'n gywir i ba gyfeiriad y byddai'r rheithgor yn gwyro mewn achos. Rŵan hyn, gwyddai'n weddol bendant mai'r dyn dŵad oedd yn gyfrifol am yr

51

aflonyddwch oedd newydd daflu cysgod annisgwyl dros y lle.

'Does ryfedd fod 'na law ar y ffordd, hogiau, a ninnau wedi hel at ein gilydd yn fama fel defaid dan goedan,' ceisiodd Rol ysgafnhau'r awyrgylch.

'Tywydd sythu brain, ia,' honnodd Donald.

''Dan ni yn y lle iawn felly, tydan genod?' pryfociodd Rol gan fwrw golwg awgrymog ar y merched.

'"Ystyriwch y brain", Rol Davies,' taflodd Celia ergyd i'w gyfeiriad. '"Canys nid ydynt yn hau nac yn medi. I'r rhai nid oes gell nac ysgubor, ac y mae Duw yn eu porthi hwy. O ba faint mwy ydych chwi yn well na'r adar?" Luc - y ddeuddegfed bennod, adnod 24. Cofiwch y geiriau yna, Rol.'

Edrychodd pawb ar ei gilydd yn gegrwth. A dyna Rol wedi ei roi yn ei le.

11:07
Rhydyclafdy, Gwynedd

Llenwodd Siôn y bag yn drefnus; roedd gan bob twll a chornel bwrpas. Ac yntau'n filwr, roedd wedi hen arfer hel ei bac, ond y pacio gorau yn y byd oedd y paratoi i fynd i wersylla efo'i dad erstalwm. Nid teithiau gwrol i bellafion byd mohonynt, dim ond ambell wibdaith i Aberdaron neu Lanbedrog, ond roedd hwyl i'w chael – y tad a'r mab mewn pabell fach werdd a oedd fel castell i blentyn chwilfrydig. Gallai flasu'r sosejys rŵan, ac oglau'r mwg o'r tân priciau'n rhoi arogl arbennig i'w ddillad weddill y dydd.

Caeodd sip y bag. Nid trip gwersylla mo hwn.

Dros sŵn y teledu yng nghornel ei ystafell wely clywai lef mam a'i phlentyn yn crio. Nid ar y sgrin, ond yn ei feddwl.

> *O fewn eiliadau roedd yn ôl, yn Nahr-e Saraj. Cofiodd sut y bu jest iddo faglu dros gorff oedd ar lawr y portsh wrth iddyn nhw feddiannu'r adeilad. Ymlaen â nhw drwy goridor diolau at yr ystafell gefn, a dod o hyd i arweinydd un o'r grwpiau Mwslimaidd yn bwyta gyda'i wraig, a phlentyn wrth ei hochr.*
>
> *Saethodd yr uwch-swyddog y dyn yn ei dalcen heb oedi. Disgynnodd hwnnw'n glewt ar y llawr, a'i ymennydd yn ddarnau mân dros y bwrdd bwyd tu ôl iddo. Yna saethodd Mark y ddynes,*

ddwywaith yn ei stumog. Feiddiai hi ddim edrych ar ei llofrudd; gallai Siôn ei gweld yn cau ei llygaid yn y bwlch yn ei burqa mor dynn ag y gallai gan wasgu llaw ei merch. Doedd hi ddim isio gweld y llaw'n tynhau ar handlen y reiffl. Cronnodd y gwaed o gwmpas ei chôl wrth i'w hwyneb blygu dros ei gwddw at ei bol, a'i merch bum mlwydd oed yn dal i afael yn llaw ei mam. Feiddiai hithau mo'i gollwng, a gwelodd Siôn bwll o ddŵr yn hel o gylch ei thraed noeth.

'Ers pryd oedd hi'n darged? Toedd ganddi hi ddim help ei bod hi'n briod efo hwnna, nagoedd?' heriodd Siôn.

'Ffor ffyc sêcs, get a grip, hogyn,' atebodd Mark yn biwis. 'Ti'n cofio 7/7 a 9/11? Pobl fel rhain yn fama nath hynna, sti – fo a hi. Be 'di'r ots os pa sex ydyn nhw? Maen nhw i gyd yn gwisgo'n debyg yn lle 'ma.'

Roedd Siôn yn gwegian fel buwch wrth ddrws y lladdfa. Tydi rhyfel ddim yn peidio am fod y milwyr adref. Mae rhyfel yn para. Nid gwlad sy'n mynd i ryfel. Dynion sydd.

54

11:25

Benllech, Ynys Môn

Diolch i chdi am siarad; diolch i chdi am beidio siarad. Diolch i chdi am wrando, ac am beidio holi. Dwi'n gwybod bo' chdi wedi sylwi ar y cleisiau, ond ddwedes di ddim byd. Calla dawo, ynte?

Wyddost ti ddim o fy hanes. Ti'm yn gwybod mod i'n fam sâl. Wedi cael gwared ag un mab, a'r llall yn fy nghasáu i gymaint nes ei fod yn fy nghuro i bob cyfle.

Mae cael eistedd yn y gadair yma mewn heddwch, a thithau mor ystyrlon dy ymateb, yn llesol i'r ysbryd, yn enwedig fy un i. Tydi Cynan ddim yn medru fy nghyffwrdd yn fama.

Mi ddaw Maria yn ei hôl i'r gadair yr un amser yr wythnos nesa, fel y gwna bob bore Sadwrn ers cyn cof. Yn wennol a ddilynai'r union lwybr bob amser, y trywydd sy'n ei thywys yn ddiogel i'w hencil dros dro.

Fydd ddim angen torri'r gwallt wsnos nesa, mi fydd *blow dry* yn ddigon.

11.50
Llansilin, Powys

Doedd Bob ddim yn ddyn angladdau. Fyddai o byth yn mynd i gnebrynau. 'Unwaith maen nhw 'di anadlu eu hanadl ola, dyna'r diwedd, does 'na'm byd ar ôl. Dim pwrpas ffarwelio.'

Ceisiodd Eleri, ei nith, ei ddarbwyllo fod heddiw'n wahanol. 'Mi fydd pobl yn eich disgwyl yno, Yncl Bob. O barch. I ffarwelio.'

Hidiodd Bob erioed am siarad plaen Eleri, a hithau'n siarad ag o fel peiriant, nid person. Hi a'i gwên dwyllodrus a fu'n ceisio'i meistroli am flynyddoedd. Tybiai Bob fod Eleri wedi bod yn ymarfer sut i wenu er pan oedd yn ferch fach, ond ni pherffeithiodd y grefft erioed, a hyd heddiw roedd y ffugioldeb yn amlwg.

'Hen lol,' ebychodd Bob. 'Be ydi'r pwynt? Mae'r cwbl drosodd.'

Roedd Eleri yn ddiysgog, fodd bynnag. Roedd gan Bob ddyletswydd i fod yno heddiw. Beth bynnag ei gred neu ei ddaliadau, roedd disgwyl i ŵr fod yn bresennol yn angladd ei wraig.

11:52
Rhydyclafdy, Gwynedd

Rhaid oedd cael paned efo'i fam cyn gadael, ond chafodd fawr o flas arni, wrth i Sharon ffysian fod y tebot wedi malu'n deilchion ac nad oedd te tramp cystal. Roedd Siôn yn gwneud ei orau glas i geisio gwrando ar hanesion ei fam am hon a hwn a'r llall, ond roedd yr adleisiau a glywai yn ei ben yn uwch.

> '*Stopia fod yn soft, Siôn. Mae merched a phlant yn gymaint o fygythiad yn fama â'r Taliban eu hunain,*' *meddai Mark.* '*Ma'r rheolau'n deud bo' gynnon ni hawl i ladd military-age males neu blant with potential hostile intent.*'
>
> *Dyma'r ail ddynes i Siôn ei gweld yn cael ei saethu reit o'i flaen, ac yng ngŵydd ei phlant ei hun. Roedd dau smotyn du ar ei phenwisg frown golau lle roedd y bwledi wedi ei tharo. Roedd y gwaed oedd yn llifo ohoni yn lliwio'r llain lle y gorweddai ar ochr y ffordd, gan staenio'r tir llychlyd oddi tani. Roedd ei phlant, a oedd wrth ei hochr eiliadau ynghynt, wedi rhedeg oddi yna ar unwaith pan welon nhw'r gynnau, a'r fam yn sgrechian arnyn nhw i'w harbed eu hunain.*
>
> *Yna gwelodd Siôn waed yn pistyllio rhwng ei choesau at fodiau ei thraed.*
>
> '*Mission accomplished. Dyna un plentyn arall yn llai i boeni amdano rŵan.*'

Crychodd Mark ei wefus yn sbeitlyd wrth i'r erthyliad disymwth a welsai reit o flaen ei lygaid gael fawr o effaith arno.

'Siôn, mae'n rhaid i chdi ddechrau coelio yn yr hyn rwyt ti'n neud, ein pwrpas ni yma, sti. Brothers together, ynde mêt?'

'Siôn, wyt ti'n gwrando?' holodd ei fam wrth sylwi nad oedd ei mab yn ymateb o gwbl i'r hyn yr oedd hi newydd ei grybwyll am Yncl Stan Nefyn.

Biti na faswn i'n gallu deud wrth Mam. Sut fedar unrhyw un feddwl fod plentyn yn edrych yn amheus with potential hostile intent? Potential hostile intent. Potential hostile intent.

Tydi rhyfel ddim yn darfod ar ôl i soldiwr gael ei anfon yn ôl i'w famwlad at ei fam. Mae byw mewn rhyfel yn anodd, ond mae dod adra yn galetach o lawer.

Ella y basa Dad wedi dallt.

12:00
Llansilin, Powys

Hen blasty Fictoriaidd ydi Rhydygalen, ag eiddew coch yn tyfu ar y muriau. Mae yna afon fechan yn ymlwybro wrth ochr y tŷ, a'i sisial yn iro'r enaid. Coed derw hyfryd yn rhesi twt bob ochr i'r lôn sy'n arwain at y tŷ, yn ffurfio ffurfafen o glymau pren, a dail uwch y llwybr at y drws ffrynt. Saif un helygen hiraethus yr olwg ar ochr chwith y tŷ, a'i brigau'n nyddu i'w gilydd. Yn yr ardd gefn mae yna berllan fawr o afalau ac eirin a choed gwsberis.

Digwydd dod i Rhydygalen fel garddwr wnaeth Bob. Dyna ei ddiléit ers pan oedd yn blentyn. Mor braf, felly, oedd cael bod yn un â'r tir, a chael cyflog am wneud hynny.

Gŵr o'r enw David Eton Evans oedd berchen y plasty bryd hynny, hen ŵr na phriododd erioed. Dyn tal â choes bren ganddo. Roedd ei deulu, rai cenedlaethau ynghynt, wedi gwneud arian mawr yn Llundain, ond roedd David Eton Evans yn dipyn o yfwr ac yn hoff o fetio. Aeth ar gyfeiliorn gan daflyd pob ceiniog fel dyn o'i go'. Gan nad oedd ganddo ddim teulu, mi adawodd y plasty yn ei ewyllys i Bob, Bob y garddwr ffyddlon.

Allai Bob ddim coelio'i lwc. Er mai fo oedd meistr Rhydygalen wedi i David Eton Evans fynd i gyfarfod ei greawdwr, ni fedrai ymlacio yn y rôl honno. Pridd a phlannu oedd ei bethau, nid crandrwydd a byw fel lord.

Cafodd Bob help gan Gwyn i glymu'r tei o dan ei goler, a hwnnw, ar ôl ei dynhau, yn gafael ynddo fel sarff ddu am ei wddw. Slaff o ddyn oedd Bob, a'i ysgwyddau llydan fel silff uwchben ei gorff. Roedd ei groen fel cneuen Ffrengig yn gloywi, wedi blynyddoedd o fod tu allan yn yr haul, a'i wallt yn gwta ac wedi britho, a dafnau o flew llwydwyn yn blaguro o'i drwyn a'i glustiau.

Hoffai Bob ei nai gymaint mwy na'i nith. Roedd Gwyn yr un ffunud â'i dad, a oedd yn frawd i Bob. Roedd yr un llygaid brown, clên gan ddau, oedd yn amlygu eu natur ddi-gŵyn ac addfwyn. Cofiai Bob fel y byddai'n rhoi pres mân i Gwyn pan oedd o'n fychan, ac y byddai yntau wastad yn ei gadw mewn hances boced a chwlwm arni. Yna, mi fyddai'n mynd i ganol y coed 'falau i'w cyfri ar ôl chwarae yn y cytiau, rhag ofn fod yr arian wedi disgyn o'r hances.

Tebycach i'w mam oedd Eleri, hen natur fi fawr, a doedd pres mân byth yn ddigon da iddi hi.

Fel y crafa'r iâr y piga'r cyw.

Doedd Gwyn ddim yn licio gweld ei ewythr mor ddigalon, felly rhoddodd fwythau annwyl i'w ysgwydd. Derbyniodd Bob ei goflaid heb fath o gŵyn – yn mwynhau cael ei famoli am funud.

Byddai Gwyn yn ymweld â Rhydygalen yn aml, a byddai wastad yn rhyfeddu at harddwch y lle –

ffenestri godidog siâp bwa a phatrymau rhosod cain wedi eu mowldio yn y plaster ar y nenfydau. Roedd *chandelier* anferth, grand yn arfer bod yn y lolfa, a byddai Gwyn y plentyn yn credu mai llong ofod oedd hi. Rŵan, dim ond un bwlb llwm sy'n sownd i'r to a hwnnw ddim yn siŵr oedd o'n fyw neu'n farw.

'Dowch, Yncl Bob, mae'r car yn disgwyl.'

Cafodd yr henwr wyth deg a phump oed gip ar ei adlewyrchiad yn y drych. Sythodd ei goler a llyfnhau ei siwt, a thros ei ysgwydd yn y gwydr gwelodd Eleri yn dod i lawr y grisiau.

'Meddwl y baswn i'n gwisgo'r tsiaen yma heddiw, Yncl Bob. Mi fasa Anti Enid yn falch, dwi'n siŵr,' meddai wrth glymu'r gadwyn am ei gwddw a cheisio peidio baglu wrth gerdded i lawr y grisiau serth.

Roedden nhw'n risiau godidog, yn esgyn i'r ail lawr ac yna'n troi i'r chwith gan arwain at nifer o ystafelloedd gwely, hanner dwsin i gyd, ac ym mhob congl ohonyn nhw roedd yna ddodrefn ac *antiques* di-ri, a dau grud gwag.

Tŷ yn llawn breuddwydion – heb eu gwireddu.

12:07
Rhydyclafdy, Gwynedd

Mae Siôn yn barod: y gwifrau wedi eu clymu'n drefnus yng nghrombil y bag, y sgriws, yr hoelion, y *ball bearings*, darnau bach o fetel o beiriannau wedi torri, dyffl côt i ddal y cwbl, a leitar.

Mae lle i bopeth a phopeth ei le.

Rhyfedd o fyd – dyna un o hoff ddywediadau ei fam.

'Oes raid i chdi fynd heddiw?' gofynnodd Sharon yn benisel. 'Dim ond newydd ddod adra wyt ti, plis aros am ychydig i ddod at dy hun.'

Roedd Siôn yn mynd i Lundain. Trên tri o'r gloch.

'Roeddwn i wedi meddwl y basan ni'n gallu mynd i Tŷ Coch am ginio Sul fory. Mi fasa Anti Besi ac Alwyn yn licio dy weld, ac mae Taid yn cwyno na welodd o fawr ohonoch chdi ers i chdi ddod yn dy ôl. Mae o'n gweld dy golli di, sti.'

Roedd Siôn a'i daid yn llawiau garw – wedi bod erioed, yn enwedig ers i Siôn golli ei dad. Tair ar ddeg oed oedd o pan fu farw ei dad yn bedwar deg naw oed. Dim arwydd, dim rhybudd, dim ond disgyn yn farw ar lawr swyddfa'r post un prynhawn, gan adael Siôn, ei wraig, a'i dad, Tecwyn Evans, ar goll, yn amddifad.

Hiraetha Tecwyn am ei fab yn barhaus, yn union fel y gwna Siôn. Eneidiau hoff, cytûn.

Cafodd Tecwyn Evans ei siomi pan benderfynodd ei

unig ŵyr ymuno â'r fyddin dair blynedd yn ôl, ond allai o wneud fawr ddim am y peth, a Siôn mor ddidroi'n-ôl.

Yn wyth deg ac wyth oed, roedd Tecwyn Evans yn byw ar ei ben ei hun. Roedd yn ŵr balch, ac ar ei hapusaf yn hel atgofion am ei lencyndod. Hogyn o Lŷn oedd Tecwyn o'i gorun i'w sawdl. Roedd cysgod yr Eifl yn ei lygaid, a heli Neigwl yn ei waed. Saunders, Valentine a DJ oedd ei fyd, a'r tân yn Llŷn fel tasa newydd ddigwydd ddoe.

> *'Roedden nhw'n fodlon gwneud mwy na llythyru a siarad politics, Siôn bach. Mi wnaethon nhw weithredu, a chyfadda'r cwbl ar ôl gwneud – dyna be 'di cryfder, ngwas i. Dyna be 'di cryfder.'*

Ciliodd ymgomio'i fam â pharabl ei daid wrth i gerrynt o ôl-fflachiadau eto fyth ddal eu gafael.

> *Gwelai gyrff plant ar ochr y ffordd wedi eu gorchuddio â charthenni llawn gwaed, eraill wedi eu pentyrru mewn lorïau, breichiau a choesau, pennau a gyddfau wedi eu clymu fel nythod gwiberod yng nghefn y tryciau.*

'Plis, paid â mynd i Lundain heddiw, Siôn,' crefodd Sharon.

'Dwi isio mynd, Mam. Mae'n rhaid i mi.'

Tydi rhyfel ddim yn gorffen am fod Siôn yn ôl ym Mhen Llŷn. Mae rhyfel yn trigo yn y parlwr a'r gegin ac yn y cowt cefn. Ma'r soldiwr a'i fam gyda'i gilydd, diolch i'r drefn, ond y nhw rŵan sy'n amddiffyn tiriogaethau gwahanol.

12:10
Yr Wyddgrug, Sir Fflint

Doedd Gwynant Owen ddim yn nabod y dyn tu ôl i'r cownter, ond mi roedd perchennog y siop yn ei gofio fo.

'Prynhawn da, syr,' chwarddodd Dewi Lewis iddo'i hun wrth sylwi fod dau ystyr i'r gair 'syr' yn ei gyfarchiad. Roedd Gwynant Owen yn arfer bod yn athro Mathemateg arno, a chyda dros ddeng mlynedd ar hugain ers iddo adael yr ysgol, doedd Dewi ddim yn disgwyl iddo'i adnabod. Edrychai ei gyn-athro yn daclus iawn, yn drwsiadus, yn union fel yr oedd o erstalwm. Estynnodd ei law at y gŵr, fel y gwnâi â phob cwsmer, ac er ei fod yn edrych yn ifanc o'i oed, mi allai deimlo gwichian ei esgyrn a'i gymalau, a thybiodd efallai nad oedd Mr Gwynant Owen mor sionc ag yr edrychai ar yr olwg gynta.

'Chwilio am gôt hir newydd ydw i, os gwelwch yn dda,' meddai Gwynant Owen yn yr un tôn swyddogol ag a ddefnyddiai wrth siarad o flaen y bwrdd du 'slawer dydd. Wrth nesáu ato, sylwodd Dewi fod ei wyneb wedi heneiddio; roedd yr esmwythder a gofiai wedi diflannu wrth i rychau ddarnio'r croen.

'Pa liw hoffech chi?'

Côt *beige* a wisgai pan ddaeth i mewn i'r siop, un â choler swêd frown tywyll, dros siwmper *V-neck* biws. Hoffai Dewi Lewis gwsmeriaid trwsiadus fel Mr Owen; gwyddai eu bod yn barod i wario – dyna pam. Roedd ei dad yn arfer gwisgo yn yr un modd, bob amser fel pìn mewn papur. Crwydrodd ei feddwl.

Mi ddylwn ffonio Mam pnawn 'ma. Ella'r a' i â hi am ginio Sul fory.

Gwelsai Dewi lai ar Una, ei fam, yn ddiweddar gan fod y siop yn cymryd cymaint o'i amser.

Mi ffonia i yn y funud i ofyn lle fasa hi'n hoffi mynd. Mae 'na ganmol mawr i'r Red Horse newydd yn Licswm.

'Wyddoch *chi* lle mae cyfarfod yr Eisteddfod heddiw?' Siaradai Gwynant Owen yn ffurfiol iawn. Un digon siort oedd o ar y cyfan yn yr ysgol, ac yn amlwg doedd treigl amser ddim wedi newid dim ar hynny.

'Na wn i, mae gen i ofn.' Doedd gan Dewi Lewis ddim clem am be roedd Gwynant Owen yn sôn. Roedd bron iawn yn siŵr mai yn Sir Ddinbych yr oedd yr wŷl fawr i fod i gael ei chynnal. Nid ei fod o'n foi Steddfod o gwbl, ond mi gofiai fod ei fam wedi crybwyll y peth.

'Twt, mae'n rhaid mai fi sydd wedi cyrraedd yn gynt na'r disgwyl felly,' meddai Gwynant Owen, a golwg reit ddryslyd arno.

'Beth am y gôt yma? Mae yna wneuthuriad da i hon, ac mae hi'n gynnes hefyd – edrychwch ar y leinin.' Meddyliodd Dewi am foment wrth gynghori Mr Owen y byddai'n braf hel atgofion am ddyddiau ysgol, ond ystyriodd wedyn nad oedd ganddo'r amynedd i egluro pwy oedd o, gan nad oedd ei gyn-athro'n amlwg yn ei gofio. 'Mae'r steil yma ar gael mewn dau liw – du a llwyd golau.'

Roedd golwg pell, braidd, ar Gwynant Owen wrth iddo ddilyn Dewi i'r ystafell wisgo. Tynnodd ei gôt a rhoi cynnig ar y casgliad newydd. Yna, ar ôl rhoi sylw manwl i'r ddwy gôt newydd, rhoddodd ei gôt ei hun yn ôl amdano.

'Hon sy'n rhagori, dwi'n meddwl,' cyhoeddodd yn bendant, gan dynnu hances o'r boced uchaf i sychu ei drwyn. 'Ma hi'r union *fit*, ac ma'r lliw yn gweddu.'

Doedd Dewi ddim yn siŵr sut i'w ateb, pan sylwodd mai trôns oedd yr hances boced. 'Dwi'n meddwl eich bod chi yn llygad eich lle, Mr Owen,' meddai, gan roi ei law ar ei ysgwydd. 'Dewis da iawn, a'r dewis rhprefataf yn digwydd bod.'

'Diolch yn fawr iawn i chi,' cydsyniodd Gwynant Owen, a cherdded drwy'r drws i'r stryd fawr, a hithau wedi dechrau pigo bwrw.

12:15
Llansilin, Powys

Wedi llyncu mul, dilynodd Bob ei nith a'i nai i sedd gefn y car claddu tu ôl i'r hers. Roedd yr awyr rhwng dau feddwl ynglŷn â pha dywydd fasa ora heddiw - un ochr yn llwydaidd â chymylau isel, a'r ochr arall yn goleuo'n wyn a glas golau.

Y glaw ddaw, mae'n siŵr.

Nid ceisio tynnu'n groes yr oedd Bob gyda'i ddiffyg hoffter o angladdau; ddim isio ffarwelio'n derfynol yr oedd o. Daeth hiraeth drosto am yr hyn na fu.

'Mae gen ti le i hanner dwsin o blant yma, Bob,' arferai pobl ei ddweud.

Ond chafodd Bob ac Enid erioed fod yn rhieni. Heneiddiodd y ddau yng nghwmni ei gilydd heb ddallt - y newid graddol anweladwy hwnnw, tebyg i fys yr awr yn newid ar watsh.

Dros y blynyddoedd, tendiai Bob ei ardd fel tasa'r planhigion yn blant i Dduw. Cafodd pob eginyn ei fagu fel babi, a phob coeden ei thrin fel epil. Canodd hwiangerddi i'w rosod, ac anwesai bob boncyff. Y coed oedd ei etifeddion.

Wrth i Enid ymadael â'i chartref am y tro olaf, edrychodd Bob drwy ffenest y car. Edrychodd ar ei goed llwyfen hoff a thyner. Rhoddodd wên fach: roedd dwy ohonyn fel petaen nhw law yn llaw, wrth i un gangen uno dau foncyff. Gallai Bob fod yn hen freuddwydiwr ynfyd weithiau, ond mi wyddai *o* hyd yn oed na allai dwy goeden syrthio mewn cariad.

Efallai eu bod nhw'n gallu teimlo'r golled, fodd bynnag.

Roedd y gwasanaeth am un o'r gloch yn eglwys y llan, y claddu am ddau ac ymlaen wedyn i'r Waterloo am damaid i'w fwyta a phaned.

Rhoddodd Eleri ei llaw yn dyner ar ben-glin ei hewythr. Gwingodd yntau at y fath fynegiant annisgwyl o ewyllys da.

'Be oedd y pennill doniol 'na oeddech chi'n arfer ei adrodd i mi erstalwm, Yncl Bob?' holodd Eleri.

Cofiodd Bob yn syth, gan fod cymaint o wir i'r deud. '"Mae Lerpwl yn fawr, a Llundain yn fwy, a cheg Eleri Jên yn fwy na'r ddwy!"' atebodd heb gymryd ei wynt.

Edrychodd y tri ar ei gilydd a giglan yn uchel 'run pryd, a'r chwerthin yn eli heb yn wybod iddynt tra oedd angau'n sefyll ar y gwynt.

Ella nad oedd Eleri mor annymunol â hynny wedi'r cwbl.

12:30
Rhydyclafdy, Gwynedd

Yn Nahr-e Saraj roedd yr Afghan yn fy ngalw i'n frawd. Fedra i ddim anghofio hynny.

Ffarweliodd Siôn â'i fam, a hithau'n dal i lunio rhestr o'r hyn y byddai'r ddau'n ei wneud ar ôl iddo ddod adra o Lundain. Cydiodd yn dynn yn ei fam a'i chusanu'n annwyl ar ei thalcen, fel yr arferai hithau ei wneud iddo fo ger giât yr ysgol flynyddoedd ynghynt. Ond wrth i'w wefus gyffwrdd ei thalcen daeth blas gwaed i'w geg unwaith yn rhagor. Gwaed ei gyfaill Sam. Mi roedd y blas yn mynd ac yn dod, er bod yna wythnosau ers iddo gario'i ffrind yn farw yn ôl i'r gwersyll.

Mae Llundain yn lle da i guddio – yr holl bobl 'na ar dop ei gilydd; neb yn nabod neb. Fydda i ddim yno'n hir. Ffeindio lleoliad iawn, wrth ymyl San Steffan neu Big Ben, dwi ddim yn siŵr iawn eto. Go brin ga' i fynd yn agos at Number 10 – fanno fasa'n ddelfrydol. Tanio'r leitar yn fy mhoced, a dyna ni. Ta-ta, Siôn.

Roedd Siôn isio lladd ei hun er mwyn dangos iddyn nhw: y 'nhw' sy'n rheoli'r wlad.

Tydi rhyfel ddim yn talu, tydi o'm yn setlo dim byd. 'War on Terror', wir Dduw.

70

Doedd o ddim isio i neb arall gael ei frifo, ond roedd o'n fodlon cymryd y risg, ac roedd o'n sylweddoli efallai y byddai rhywun yn cael ei anafu, neu waeth.

Be bynnag ddigwyddith - fydda i ddim yna i weld, beth bynnag.

Pethau fel hyn oedd yn digwydd bob dydd yn Afghanistan. Bu farw Sam, ei ffrind gorau, a bu bron i Siôn farw hefyd - sawl tro. Chafodd o ddim ei ladd, ond mi roedd ei du mewn o wedi ei ddifetha'n gyfan gwbl. Nid mewn arch y daeth Siôn adref ond mewn cragen. Wedi hanner marw yn barod i bob pwrpas.

Dwi'm isio byw fel hyn, dwi ddim isio i Mam orfod byw hefo fi fel rydw i. Pa fath o fywyd ydi hwn, pan na alla i glywed dim byd 'mond plant yn crio a rhieni'n sgrechian?

Siôn fyddai'r hunan-fomiwr cyntaf o Gymru. Cymro Cymraeg - dyna fydd sioc. Gallai weld penawdau'r papurau newydd drannoeth y ffrwydrad, lle y byddai, heb os, yn cael ei bortreadu a'i ddisgrifio fel Cymro, nid Prydeiniwr. Yr hunan-fomiwr Cymreig cyntaf erioed.

Welsh Bastard.

Mae gan Siôn ofn, ond mae ganddo nod hefyd.

Mae'r byd ar chwâl. Mi fydd Taid yn cytuno. Gweithredu, nid traethu.

Fel y wenynen fêl, nad ydi hi byth yn pigo oni bai fod peryg gerllaw, mae Siôn ar berwyl marwol. Ac wedi brathu ei gelyn, yn ôl trefn natur, fel mater o raid mae'r wenynen yn marw.

Adra ydi maes y gad rŵan.

13:05
Llansilin, Powys

Llwyddodd Cynan a'r tri arall i lenwi dwy wagen fawr wrth wahanu'r celfi a'r dodrefn, y tlysau a'r llestri fesul tipyn fel da byw. Gwyddai Cynan a'i griw nad oedd angen rhuthro; fyddai neb ar gyfyl y lle tan o leiaf bedwar o'r gloch. Tŷ gwag. Digon o amser i loddesta ar y cynnwys.

Roedden nhw'n pacio'r faniau'n gwbl broffesiynol; bron na fyddai rhywun yn meddwl mai symudwyr dodrefn arbenigol oedd ar waith. Roedd yna focsys priodol ar gyfer pob darn, pob dodrefnyn.

Roedd un yn lapio'r lluniau'n ofalus mewn *bubble wrap* a'r llall yn chwilio am graciau yn y llestri, gan daflu o'r neilltu, yn gwbl groengaled, unrhyw beth nad oedd yn berffaith, fel darn o faw ar waelod esgid.

Wrth ddrws ffrynt Rhydygalen safai Cynan yn cadw golwg, yn debyg i bry â miloedd o lygaid bach yn gweld i bob cyfeiriad. Wrth ei droed, wedi disgyn o un o'r cratiau roedd broets siâp adenydd paun. Gafaelodd ynddi a'i rhoi yn ei boced.

14:00
Dinbych

'Fedri di stopio'r glaw, Mam?' gofynnodd y fechan deirblwydd oed i'w mam fel tasa hi'n gofyn iddi gyflawni tasg hawdd fel rhoi ei sgidiau amdani. Doedd cwestiwn fel hwn ddim yn ormod i'w ofyn, a chofio fod Mam yn gallu gwneud pob dim, ar wahân i orffwys ar y seithfed dydd.

Y tro yma, fodd bynnag, fedrai hyd yn oed ei mam ddim helpu. Roedd y glaw wedi bod yn ddigywilydd o ddi-hid ers dyddiau. Ac er yr holl wyrthiau a welsai bach y nyth yn ystod ei bywyd, doedd dim sychu ar y dagrau yma; roedd y glaw yn gorchuddio pob wyneb a gyffyrddai.

Lle ddiawl mae Dad? Mi ddyla fo fod yma erbyn rŵan.

Roedd Siwan Gwynant James i fod i gyfarfod ei thad cyn iddyn nhw fynd i mewn i'r neuadd. Gwyddai ei fod yn cyfarfod criw'r Orsedd gyntaf, i ffitio'r wisg wen amdano.

Tydi Dad byth yn hwyr.

Pwysodd Siwan rifau ar ei ffôn symudol i'w ffonio, ond doedd dim ateb. Er ei fod yn arfer bod yn athro Mathemateg, doedd o ddim yn un da iawn efo rhifau mân y ffôn bach. Ochneidiodd Siwan wrth geisio cadw trefn ar y ddau fach a gafael yn y ffôn yr un pryd.

Fyddai Gwynant Owen byth yn colli cyfle fel hyn, a'r Eisteddfod yn dod i'r fro.

Lle ddiawl mae o?

Er mai mis Mehefin oedd hi, roedd hi'n debycach i fis Hydref. Bu'n rhaid canslo'r orymdaith drwy'r dref oherwydd y tywydd. Ciliodd cannoedd o fodau tamp i Neuadd y Dre, cotiau gwlyb a chudynnau llaith yn cysgodi'n eiddgar dan yr un to, yn barod i groesawu'r Eisteddfod i'r fro ymhen blwyddyn.

Gwell oedd peidio eistedd. Rhag ofn i'r ddau fach benderfynu cynnal eu sioe eu hunain. Drwy sefyll ar y cyrion mi fyddai'n haws dianc tasa angen. Safodd Siwan ar flaenau ei thraed er mwyn chwilio am ei thad yn y dorf. Ond doedd dim golwg ohono.

Tydi o ddim wedi bod yn fo'i hun ers tipyn.

Roedd Elin a Magi Mw yn fodlon eu byd yn eistedd ar y llawr yn gwylio'r gynulleidfa'n bodio Rhaglen y Dydd. Byddai Elin yn cario'i doli glwt yn ei mynwes bob amser, a phe digwyddai i rywun ei chyfarch a pheidio gofyn sut oedd y babi, byddai hi'n pwdu.

Doedd eistedd i lawr yn llonydd ddim yn bodloni Ifan, wrth reswm. Mae o'n bedair oed a naw mis. Gyrrodd injan dân i fyny coes ei chwaer i wneud iddi chwerthin. Ac yntau cyn brysured â chynffon oen, ysgwyddau Mam oedd yr unig le fyddai'n gwneud y tro iddo.

'Dyma nhw, yli – yr Orsedd,' meddai Siwan wrth ei mab chwilfrydig.

'Be 'di Osedd?'

'Gorsedd yr Eisteddfod . . .' a chyn i Siwan allu gorffen y frawddeg.

'Fel Steddfod Mr Urdd? Lle ma Mr Urdd?'

'Na, tydi Mr Urdd ddim yn fama, Ifs.'

'O-o-o. Pam, Mam? Dwi'n hoffi Mr Urdd.' Rhwbiodd ei foch yn siomedig.

Gyda hynny dyma'r osgordd yn cerdded i mewn: yr Archdderwydd yn arwain ei liaws, fel Moses gynt, drwy ganol y neuadd, a'r seddi glas naill ochr wedi eu rhannu fel y Môr Coch. Ar ôl i bawb setlo yn eu mannau priodol, dyma'r Archdderwydd yn cyhoeddi'n swyddogol ymhle byddai'r Eisteddfod yn cael ei chynnal y flwyddyn nesa. Yng nghanol hyn oll, dyma lais o'r uchelfannau'n datgan, 'Mam, ma hwnne'n debyg i Rapsgaliwn.'

Tasa llawr pren y neuadd wedi gallu ei llyncu, mi fasa Siwan wedi diolch i'r Hollalluog. Ond doedd gwyrthiau ddim yn digwydd. Dim heddiw.

'"Fi 'di Rapsgaliwn, rapiwr gora'r byd. Mae popeth dwi'n ddeud yn odli o hyd",' canodd Ifan heb fath o gywilydd. Roedd y gŵr mewn aur yn ei atgoffa o'i arwr mawr.

'Yr Archdderwydd ydi hwnna, Ifan. Fo sy'n gofalu am yr holl bobl yma. Bydd ddistaw rŵan, ngwas i,' erfyniodd Siwan, mor dawel ac y gallai.

'Arch be, Mam? Arch Noa?'

Erbyn hyn, roedd rhai yn y rhesi cyfagos wedi dechrau troi i weld pwy oedd yr holwr. Gwenodd Siwan wên ffug, wrth i'r embaras ddiferu o'i llygaid.

Welsoch chi ŵyr Gwynant Owen? Dyna fyddan nhw i gyd yn ei ddeud. Doedd gan ei fam druan fawr o drefn arno. Does ryfedd, a hithau ar ei phen ei hun.

Roedd dianc yn un dewis ond, o nabod ei mab penfelyn penderfynol, efallai y byddai hynny wedi tynnu mwy o sylw. Felly, am ugain munud brwydrodd ornest unochrog â phlentyn pedair oed chwilfrydig a oedd hefyd heb amheuaeth yn mentro'i lwc. Bu sawl ymgais i redeg at Geidwad y Cledd i brofi ai môr-leidr ydoedd go iawn. Yn gyferbyniad i hyn i gyd, roedd ymgais Elin i ymuno â'r ddawns flodau ger y ddihangfa dân yn ddigon diniwed o ddel.

Daeth y seremoni i ben, diolch i Dduw, ond doedd dim golwg o Gwynant Owen yn unlle. Yn fân ac yn fuan cerddodd y triawd o'r neuadd yn reit handi, heb din-droi. Doedd gan Siwan fawr o awydd codi sgwrs â neb, heb wybod ble roedd ei thad.

Roedd y glaw tu allan i'r neuadd erbyn hyn yn fendith, a'r amser i wneud y daith i'r Rhyl i ddal y trên i Lundain wedi cyrraedd o'r diwedd. Byddai'n rhyfedd mynd yno unwaith eto heb Dan.

15:00
Rhosesmor, Sir y Fflint

Roedd ffenestri'r Garnedd yn lanach na'r holl ffenestri eraill yn y stryd, yn sgleinio fel diamwntiau. Roedd y drws ffrynt yn goch fel blwch post, a'r paent rhwng y cwbl yn felynwy llachar, y lawnt wedi ei thorri'n berffaith, a phob blewyn yn ymddangos yr un hyd. Llwyni wedi eu clipio'n lluniaidd, a'r borderi'n syrcas o liwiau. Ers i Idris farw bymtheg mlynedd yn ôl, roedd Una Lewis yn benderfynol o gadw popeth yr un fath, yn ddifrycheulyd.

'Tro dy ben. RŴAN,' meddai'r llais yn waraidd, bron iawn yn llyfn, heb fath o emosiwn.

Ysgwydodd Una ei phen, ei gwallt oedd yn rhaeadr arian unionsyth at ei hysgwyddau fel arfer yn awr yn llanast llwyr a'r clip du, llydan oedd yn cadw'i gwallt o'i hwyneb wedi disgyn yn ystod y ffrwgwd. 'Plis,' erfyniodd, a'i llais yn hollti. 'Toes 'na ddim byd tu fewn i'r *safe*, mae o'n wag.'

Hyrddiwyd hi i'r ystafell ymolchi'n anifeilaidd o frwnt. Roedd Una yn ysu i gwffio yn ei hôl, yn dyheu am y gallu i wthio'i charcharwr o'r neilltu; ond roedd ei dwylo wedi eu clymu tu ôl i'w chefn gan gebl oedd wedi ei rwygo o asen y radio yn yr ystafell wely. 'Fedra i mo'i agor. Nid gwrthod ydw i - ydach chi ddim yn deall? Dwi jest ddim yn gwybod sut i wneud.'

Bu'r gist ddur ddu yn segur ers i Idris farw. Arferai o gadw'i ddogfennau yswiriant, ffurflenni banc, tlysau ei hen nain a modrwy briodas ei fam ynddi. Roedd y rheiny gan ei mab erbyn hyn, a'r ffurflenni banc i gyd mewn drôr yn y ddesg yn y parlwr.

Toes 'na'm pwrpas egluro, tydyn nhw ddim yn fy nghoelio.

I darfu ar y cyrch, canodd y ffôn oedd i lawr y grisiau wrth y drws ffrynt, a chan nad oedd neb wrth law, mi aeth yr alwad yn syth i'r peiriant ateb.

'Helô, Mam. Dewi sy 'ma, caniad sydyn – dwi yn y siop. Meddwl o'n i ella 'sach chi ffansi cinio rywle fory? Be am y Red Horse yn Licswm? Ffoniwch fi'n ôl pan gewch chi'r neges 'ma. Hwyl. O, jest i mi anghofio – mi ddoth Gwynant Owen Maths i mewn gynna – wedi heneiddio'r creadur, ddweda i'r hanes wedyn. Hwyl!' Atseiniodd gwich y ffôn dros y tŷ i ddangos fod y neges wedi dod i ben.

Wedi'r ysbaid o'r ymrafael creulon wrth i bawb wrando ar y neges oedd i'w chlywed dros y tŷ ar y *speaker*, cafodd Una ei thaflu'n chwyrn i mewn i'r bath, a'i gorfodi i orwedd ar ei bol. Crafodd ei thalcen ar ochr y tap, gan dorri'r croen, ac o'r rhwyg hwnnw daeth afon denau o waed. Roedd ofn yn dew fel chwd yn ei stumog.

Ni allai Una weld wynebau'r rhai oedd yn ei dal yn wystl, gan eu bod ill dau'n gwisgo mygydau. Y Frenhines oedd un, y Tywysog Philip oedd y llall.

15:02
Hwlffordd, Sir Benfro

Dim ond gronyn o haul sydd ei angen. Mae un pelydryn yn ddigon, ac mi ddôn nhw i gyd i'r wyneb. Yn bla ar hyd y lle, fel morgrug ym mhob twll a chornel. Dwi'n ffaelu eu diodde nhw. Trychfilod.

Roedd Jack yn casáu plant.

Cofiai fod yn blentyn unwaith, ond roedd yr unwaith hwnnw wedi hen fynd. Ac yntau'n fab i deulu mawr o sipsiwn, prin oedd yr atgofion braf. Roedd wyth o blant i gyd, mwy na hynny efallai. Yn aml roedd hi'n amhosib gwybod pwy oedd yn frawd neu'n chwaer, yn gefnder neu'n gyfnither. Roedd eu ffordd o fyw yn anghonfensiynol, a deud y lleiaf, ond er y teithio o un lle i'r llall yn dragwyddol, arhosai un lle yn annwyl iddo – Hwlffordd.

Yn Hwlffordd y prynodd gartref iddo'i hun ar ôl gadael y llwyth. Roedd pawb yn hynod o glên gydag o'r adeg hynny, ac yntau'n gweld ei hun wedi codi yn y byd gan fod ganddo drydan, dŵr a thoiled dan yr unto am y tro cynta.

Yn fanno y mae o wedi bod byth ers hynny, yn ei dŷ teras bychan ar heol ddi-stŵr ger y stryd fawr. Yn y fan honno, nid mab i deithiwr ydi Jack. Tydi o ddim yn frawd i hwn a'r llall chwaith; yn syml, tydi o'n perthyn i neb.

Roedd Jack yn tynnu am ei saith deg, ond edrychai'n iau na hynny, a dim ond y croen crin ar ei ddwylo oedd yn datgelu ei oed mewn gwirionedd. Hen grystyn o ddyn oedd o, yn malio dim am yr undyn byw, a bywyd wedi ei suro. Clatsiodd gorryn dandi oedd yn cerdded rhwng ei glun ac ochr ei sedd efo papur newydd ddoe wedi ei rowlio.

Roedd o'n eistedd yn yr ystafell fyw mewn hen gadair esmwyth a'i braich dde wedi sigo yn y canol wrth ddal dig ei ddwrn. Edrychai ar y byd a'i bethau'n mynd heibio: y ffenest o'i flaen yn syllu dros y palmant, a'r darlun byrlymog o'i gwmpas yn llawer difyrrach nag unrhyw raglen deledu. Wrth ei ochr, ar seidbord oedd yn perthyn i'r cynfyd, roedd yna *hi-fi* cyntefig, a chân 'Nans o'r Glyn' yn ysgwyd o'r cyrn sain. Roedd Jack wedi stopio gwrando ar Radio Cymru ers tro, gan droi i mewn ar nos Sul yn unig er mwyn cael ei joch o ganu gwlad, er nad oedd o'n deall y gogs yn siarad.

Heddiw roedd plant y dre wedi cynhyrfu o weld yr haul allan o'r diwedd. Y cwbl lot wedi laru ar bedair wal eu haelwydydd ac, am y tro cyntaf eleni, yn cael mentro i fyd o fenter yr awyr iach. Bwriodd un ei ddwrn yn erbyn y ffenest.

Y mwlsyn, ro' i whaden i ti.

Doedd Jack yn hidio dim am blant – wedi bod yng nghanol gormod ohonyn nhw pan oedd o'n iau, efallai. Wrth eu gweld yn heidio i'r haul, cofiai amdanyn nhw'n un teulu mawr yn cyrraedd gwahanol ardaloedd yn eu carafannau coch a melyn, a merlod tincer yn gwmni.

Y dasg gyntaf fyddai casglu priciau tân. Roedd yna ffrâm haearn uwchben y goelcerth tu allan a chortyn yn hongian oddi arno i ddal y crochanau.

Byddent yn dal ysgyfarnog neu pa greaduriaid bynnag y bydden nhw'n dod ar eu traws, o falwod i ffesantod. Ar ôl eu blingo, byddai'r rhaid eu torri'n ddarnau a golchi'r cig â dŵr a halen, gan gadw'r gwaed o'r neilltu. Yna, rhoi'r cig yn y crochan uwchben y tân gyda thato a winwns a phob math o lysiau roedden nhw wedi eu casglu o'r cloddiau. Ar ôl berwi'r potes, byddai angen rhoi tipyn o ddŵr ar ben y gwaed, ac yna'i dywallt dros y cwbl, gan ofalu nad oedd yn ailferwi. Roedd yr hylif coch cynnes hwn yn gysegredig, a byth ers hynny roedd gan Jack ryw werthfawrogiad neilltuol o waed.

Bydden i wedi gallu bod yn feddyg tasen i wedi cael gwell addysg.

Cododd i fynd i'r gegin; roedd awydd coffi arno. Gwelodd forgrugyn ar ben y bwrdd plygu.

Morgrugyn coll yw hwn. Dim trywydd at ei nythfa. Heb fferomon i'w dywys.

Gofidiai Jack am y truan, ar dop y ford ar ei ben ei hun, yn chwilio am ddihangfa. Rhoddodd ei ddwylo ar y bwrdd er mwyn annog y morgrugyn i gamu ar gledr

82

ei law, ac ymhen rhai eiliadau, mi ddaeth y creadur bach ato. Rhoddodd Jack ei law arall dros gledr y llall i greu cysgodfa fel cwpan i'r pry prysur; yna agorodd y drws cefn a'i ollwng yn rhydd.

Jack - casäwr trychfilod bach, mewn tro pedol, yn gwneud tro da â'r tlawd yma.

15:04
Betws-y-Coed, Conwy

Mae'r afon yma'n gwybod fy hanes i gyd. Pan fyddaf yn dod yma, mi fedra i ei chlywed yn sôn am fy ngorffennol, ac mae ei sisial yn fy atgoffa o'r terfysg a'r tawelwch. Mae hi'n fy nabod yn iawn.

Prin ydi'r cymylau, ac mae'r awel gynnes yn bwrw pryderon i dragwyddoldeb yn y fan a'r lle, wrth daro wyneb y dŵr. Mae'r plantos ar ben eu digon. Medi yn casglu cerrig i un ochr er mwyn eu taflu yn ôl fesul un, a Tomos yn ceisio dal crocodeil sy'n towcio fyny ac i lawr yn y dŵr yn chwilio am fwyd.

Y cwbl wela i ydi carreg.

Brechdanau caws a jam – tafelli o fara gwyn ffres o'r becws a'r menyn yn dew rhwng y cwbl, yn union fel te bach yn festri Capel Salem erstalwm ar ôl gwasanaeth diolchgarwch. Paned o goffi drwy lefrith mewn fflasg, a phacedi o Wotsits.

Mae bwyd yn blasu'n well yn yr awyr agored rywsut.

'Ai got iŵ,' bloeddiodd Tomos, wrth i Eirlys a Medi sbio i'w gyfeiriad i weld a oedd o wedi rhwydo'r crocodeil. 'Iŵ ar ded.'

'Aim goin tw cil iŵ tŵ,' atebodd ei chwaer yn syth wrth neidio o ben un garreg i'r llall.

'Peidiwch â siarad Saesneg, blant.'

'Ond Susnag YDI Swper Hîros,' protestiodd Tomos. 'Tydi Swper Hîros ddim yn siarad Cymraeg medda Paul yn 'rysgol.'

'Wel, mi fasa'n well i ni gael gair efo Comisiynydd y Gymraeg felly, basa?' atebodd Eirlys gan dynnu coes, er na wyddai'r plant be yn y byd roedd hi'n ei feddwl.

Mae'r haul yn braf ar eu bochau, a hynt a helynt pob dim ymhell. Yr afon a'r coed yn gwmpeini, a'r cerrig crynion o dan y flanced frethyn yn glustogau o gysur am y prynhawn. Chwarddodd y tri lond eu boliau wrth i Tomos roi pry genwair byw ar ysgwydd Medi, a'r fam a'r ferch yn dotio at hiwmor pryfoclyd yr unig ddyn yn eu bywydau bellach.

Wrth grwydro'u gwynfyd, mae Medi yn ffeindio buwch goch gota dew, a honno'n cropian o un llaw i'r llall wrth gael ei chario at y flanced bicnic. 'Dyma Gwen,' meddai wrth gyflwyno'r ladi fach i'w Mam. 'Gawn ni ei chadw hi, pliiis Mam? Mynd â hi adra i'w rhoi mewn pot marmalêd?'

'Na, dwi'm yn meddwl. Nid ni pia hi, naci,' atebodd Eirlys wrth ddechrau hel y llestri i'w cadw yn y fasged i fynd adref.

'Pwy sydd bia hi ta?' holodd Medi wedyn.

Cwestiwn da. 'Dwn i'm - Duw ella?' atebodd Eirlys yn amheus. 'Dwi'n siŵr bo' hi isio mynd yn ôl at ei theulu bach yn y gwair, sti. Tydi hi'm isio dod adra efo ni.'

'Yyyyy - ych a fi! Yli, Medi, ma hi 'di pw-pw arna

chdi,' crawciodd Tomos wrth bwyntio at hylif melyn oedd yn dod ohoni.

'Dwi'n meddwl mai rhyw fath o waed melyn ydi hwnna, Tomos, i ddangos fod ganddi ofn – dwi'n cofio dysgu hynny ar deithiau natur Mr Roberts yn 'rysgol bach erstalwm,' meddai Eirlys gan roi ei braich am ysgwydd ei merch. 'Rho hi'n ei hôl rŵan, Med, i ni gael mynd.'

'Pww-iii, ma hi'n drewi,' gwasgodd Tomos flaen ei drwyn.

'Iawn, Mam,' plygodd Medi i osod yr un bach yn ôl wrth y llecyn gwair lle cawsai hyd iddi, a gwyliodd Gwen yn camu ar un glaswelltyn hir cyn diflannu mewn eiliad.

Mi gaiff yr awr fach yma ei thrysori am byth gan Eirlys. Mae hi'n teimlo'n well o'r hanner heddiw, ac mi fydd swper efo Morfydd yn plesio heno. Un da oedd Morfydd Ellis, ei chwaer fawr, am godi calon.

'Ga' i aros efo Anti Morf heno?' gofynnodd Tomos yn eiddgar.

'Cei, siŵr, os nad ydi hi'n meindio.'

Mae'r haf yma, ac efallai, os medra i – y gadawa i'r heulwen yn ôl i'r tŷ.

15.12
Rhosesmor, Sir y Flint

Mi allai Una Lewis ogleuo'r chwys dan geseiliau un ohonyn nhw - hen arogl lledraidd, ffiaidd oedd yn llosgi ei ffroenau. A'i hwyneb yn wynebu gwaelod y bath, doedd hi ddim yn gallu gweld be oedd yn digwydd o'i chwmpas, ond mi allai glywed.

Sŵn dŵr yn tywallt o gyfeiriad y sinc. Cydiodd un o'r cipwyr yng ngwallt Una, â'i fysedd wedi'u clymu ym mhob blewyn, tynnodd ei phen yn ôl, 'Cod dy ben, y sguthan ddiog.'

Daliodd Una ei gwynt mewn poen. 'Plis, peidiwch,' wylodd wrth deimlo'i gwallt yn cael ei rwygo o'r gwraidd. Yna rhoddodd y llall liain gwlyb socian dros ei phen a throi'r gawod uwchben y bath ymlaen.

Roedd hi'n boddi, neu o leiaf roedd hi'n meddwl ei bod yn boddi, wrth iddi synhwyro fod rhywbeth oedd yn teimlo'n debyg i bawen anferth yn gwasgu am ei hwyneb, a hithau ddim yn siŵr ai anadlu i mewn neu allan yr oedd hi. Tu ôl i gloriau ei llygaid, ymlithrodd tywyllwch o'r newydd, nes bod popeth yn ddu.

Gwyddai Una yn bendant ei bod yn mynd i farw.

15:13
Hwlffordd, Sir Benfro

Gwibiodd criw arall o fechgyn, i gyd tua deuddeg oed, heibio'r ffenest, ond mi arhosodd un yn ei unfan, gan ei fod yn gallu deud fod yna lygaid yn craffu arno drwy'r gwydr.

Synnodd Jack fod rhywun wedi sylwi arno. Sythodd ei ysgwyddau ac edrych i fyw llygaid y llanc. Syllodd yntau yn ôl arno ef hefyd, ac am chwinciad, rhewodd y ddau wrth rythu.

Drwy'r ffenest gwelai'r bachgen lymbar o ddyn a'i gefn yn gam. Roedd gwydr y ffenest yn llwch i gyd, a hoel hen fysedd arno, ond gallai'r bachgen weld rhwng y marciau budr fod ôl tywydd ar wyneb yr hen ŵr, a smotiau henaint tywyll ar ei ruddiau – neu efallai mai'r olion bysedd ar y ffenest oedd yn taflu cysgodion. Sylwodd Jack ar lygaid glân y bachgen, oedd mor las nes eu bod bron yn llwyd.

Rhedodd y bachgen ifanc yn ei flaen, ond ddim cyn tynnu tafod go fychanus ar yr un oedd yn gwylio.

Dapia nhw, hen gryts ewn, mynd i godi helynt. Go brin eu bod nhw'n mynd i hela fel y bydden ni.

Er na hoffai Jack edrych yn ôl ar ei fachgendod, roedd o'n hoffi hel meddylia am yr amser y bydden nhw fel plant yn hela draenogiaid. Ar ôl lladd y draenog druan, mi fydden nhw'n ei lapio mewn mwd a'i daflu i ganol tanllwyth o dân. Pan fyddai'n barod, byddai'r grawen bigog yn plicio'n hawdd, a hwythau wedyn yn gloddesta ar y cig brau.

Roedd o'n arfer joio blingo anifeiliaid.

15:23

Rhosesmor, Sir y Fflint

Wrth i'r golau bylu yn llwyr ac i bob sŵn ddistewi, gwasgai'r ofn am Una Lewis mor dynn fel na allai sgrechian; prin y gallai anadlu hyd yn oed. Roedd hi'n ceisio bod yn ddewr, ond roedd ei gwroldeb yn ei gwneud hi'n benysgafn.

> *Idris, dwi dy angen di. Lle wyt ti? Dwi dy angen di rŵan. Dy angen di fel rydw i dy eisiau di i helpu i hwylio'r bwrdd, neu blygu'r cynfasau gwely. Wyt ti'n cofio sut y bydden ni'n arfer dawnsio ar ben y landin? Fi un pen a thithau'n gafael yn y pen arall. Plygu'r gynfas a chamu'n ôl, plygu a chamu'n ôl, cyn cerdded at ein gilydd eto fel rhyw hen ddawns werin ryfedd.*

Yn ei pherlewyg, gwelai Una ffermdy Coed Marion o'i blaen. Yn fanno y cawsai ei magu gan chwaer ei mam a'i gŵr. Llongwr o Shanghai oedd ei thad gwaed, wedi dod drosodd ar un o'r cychod Prydeinig oedd yn hwylio i Lerpwl ddiwedd y tridegau. Ei obaith oedd gwneud ei ffortiwn er mwyn cynnal ei wraig a'i blant 'nôl yn Tsieina. A dyna wnaeth o, mae'n debyg, ond ddim cyn rhoi cyw i fam Una. Gweini mewn tŷ bwyta crand yn Lime Street yr oedd Beti ar y pryd.

Welodd Una erioed mo'i thad, a dim ond unwaith y bu i'w mam ei weld hefyd.

Doedd Beti ddim isio magu mor ifanc, felly gadawyd Una gyda'i modryb yn Nercwys, a chafodd ei mabwysiadu ganddi'n answyddogol. Peth go anghyffredin oedd gweld babi o dras Tsieineaidd mewn coets yng nghefn gwlad Sir Fflint yr adeg hynny, ond cafodd Una ei derbyn fel brodor mewn dim. Toedd hi'n hanner 'Nercwysyn' beth bynnag.

A hithau'n lled anymwybodol, cerddodd i mewn i'r parlwr, a gweld y gist dderw fawr ar y chwith lle cadwai ei mam y dillad yn sych, a gallai ogleuo'r peli camffor. Roedd yr hen gloc mawr yno, a'r cwpwrdd tridarn yn llawn dop o lestri Royal Albert Blue Devon. Yna, gwelodd Una ei mam yng nghefn yr ystafell yn llenwi'r hen foelar mawr â dŵr i ferwi'r dillad.

Dydd Llun ydi hi, Mam? Mae'n rhaid ei bod hi'n ddydd Llun a chithau'n golchi.

Roedd Una wrth ei bodd yn gwylio'i mam ar ddiwrnod golchi, yn troi'r mangl mawr cyn iddi fynd ati i smwddio. Byddai'n rhoi hetars yn y tân nes eu bod nhw'n goch, ac yna'n eu codi gyda gefail fach i'w rhoi yn eu hôl mewn bocs haearn.

Deffrodd Una yn sydyn. Roedd un o'r lladron yn ysgwyd ei hysgwyddau'n frwnt.

'He-elp. He-elp, he-elp,' ceisiodd Una alw, a'i sgert frethyn yn socian oddi tani ar ôl yr olchfa arteithiol yn y bath; ond roedd ei llais mor wan, doedd dim gobaith i neb ei chlywed, a'i sgrech yn fud.

Tybed ydi Idris, neu Mam, yn clywed?

Cafodd ei hwrjo yn ei blaen yn ôl i'r ystafell wely, ei choesau'n gwanhau gyda phob cam, fel pyped llipa. Er na fedrai agor ei llygaid, gwyddai eu bod nhw wedi ei gosod wrth ochr y gwely oherwydd gallai ogleuo'r lafant ar ei gobennydd.

'Tydw i *ddim* yn gallu agor y *safe*. Does 'na'm byd ynddo fo.'

'Mi gei di un cyfle arall, Lady,' meddai'r Tywysog Philip yn ddi-stŵr, fel tasa fo'n darllen cyfar-wyddiadau sut i adeiladu desg, a daeth bygythiad arall. 'Os na ddeudi di sut mae agor y *safe*, mi ddefnyddia i'r gyllell yma i dorri dy fys bawd di - o'r ewin i'r canol.'

15:35
Rhywle rhwng Pensarn a Chaer

Cydiai Siôn yn ei fag, ac anwesai'r strapiau fel tasa fo'n magu babi ar ei lin. Roedd o wedi bod ar y trên ers ychydig dros hanner awr erbyn hyn. Eisteddai ar ochr chwith y caban a'i benelin yn gorwedd ar waelod y ffenest wrth i'w law ddal pwysau ei ên.

Roedd wedi mynd heibio Llanfairfechan, Penmaen-mawr, a Chyffordd Llandudno, a rŵan gallai weld ffordd ddeuol yr A55 ar ei ochr dde wrth i'r trên fynd heibio Abergele tuag at y Rhyl.

Doedd Siôn ddim yn or-hoff o drafaelio ar y trên gan mai ar y trên yr âi i'r gwersyll yng Nghatraeth bob tro cyn mynd dros y môr efo'r fyddin.

Y gwŷr a aeth Gatraeth, myn diawl.

Stopiodd y trên yn 'Sunny Rhyl', a daeth haid o deithwyr newydd sbon ar ei fwrdd. Teimlai'n lletchwith yn gwenu ar wynebau oedd yn syllu arno wrth iddyn nhw chwilio am seti, ac felly ceisiodd osgoi dal llygaid unrhyw un. Caeodd ei lygaid.

'Pam wyt ti ddim yn rhoi'r bag ar y silff yn fan'ne?' gofynnodd bachgen chwilfrydig yr olwg i Siôn, ar ôl ymgartrefu mewn sedd gyferbyn ag o wrth y bwrdd.

Sbiodd Siôn arno. Hogyn bach oedd hwn, tua phump neu chwech oed efallai. Cymro pybyr nad oedd cweit yn ddwy droedfedd. Ac o'r geiriau cyntaf hynny, o rywle na fedrai Siôn esbonio, mi synhwyrodd fod yna rywbeth hynod am y bachgen hwn. Roedd ganddo lygaid glaswyn nad oedd yn ofni edrych i fyw llygaid dieithryn fel yntau, ac roedd yn ei atgoffa o rywun - ond fedrai Siôn yn ei fyw â chofio pwy.

'*Oh, I'm very sorry about my son,*' meddai Siwan yn ymddiheuro. '*He's very chatty, sometimes quite cheeky, I'm afraid!*'

'Mae'n iawn siŵr,' atebodd Siôn, wedi dotio at feiddgarwch yr un bach.

'Ti'n gweld, Mam - mae o *yn* siarad Cymraeg,' eglurodd Ifan yn bendant wrth ei fam. 'Ifan ydi enw fi, 'dan ni'n mynd i weld Nana a Gramps yn Llundan,' datgelodd wrth ei ffrind newydd.

Gwenodd Siwan i gyfeiriad Siôn, a nodio'i phen gan godi ei haeliau'r un pryd i ofyn pardwn am hyfdra ei mab, yn ogystal â chyfleu ei bod yn falch mai Cymro Cymraeg oedd wrth eu hochr.

'Neis iawn,' nodiodd Siôn yn glên ar y bachgen. Fel arfer, ceisiai Siôn beidio siarad efo neb ar drên, ac roedd yn gwaredu pan welai rai pobl yn codi sgwrs â dieithriaid, dim ond am eu bod yn digwydd eistedd wrth eu hymyl ar y siwrne. Ond roedd sgwrsio ag Ifan yn eithriad. Roedd yna ryw ryfeddod eithriadol amdano - y bachgen bach a ddaeth i'w fywyd yn y Rhyl.

'Lle ti'n mynd?' holodd Ifan wrth rannu pinnau felt o hen dwb iogwrt ar y bwrdd i'w chwaer fach, a rhoi casgliad hefyd i'w doli glwt hithau, oedd yn eistedd yn ddel ar y bwrdd a'i chefn yn pwyso ar y ffenest.

'Dwi'n mynd i Lundain hefyd,' atebodd Siôn.

'Waw! Ti'n mynd i weld Nain a Taid ti hefyd?'

'Na, mynd i weld Big Ben ydw i.'

'Pwy ydi o? Ffrind ti? 'Dio'n fawr, yndi?'

'Taw rŵan, Ifs,' tarfodd Siwan ar y sgwrs, er mwyn trio gadael i gyfaill newydd ei mab gael rhywfaint o lonydd ar ei daith. 'Gadael lonydd i'r dyn clên. Dwi'n siŵr nad ydi o isio clywed dy hanes di i gyd!'

Pwysodd Siôn ei wefusau at ei gilydd fel tasa fo'n cogio gwneud ceg gam ar Ifan. 'Dim problem o gwbl, mae'n braf cael gwybod y pethau 'ma.' A rhoddodd winc slei er mwyn i Ifan ei dal. Anadlodd yn ddwfn i'w ysgyfaint ac edrych i lawr ar ei gôl. Roedd bron wedi anghofio am y bag a'i gynnwys marwol.

Prysurodd y trên yn ei flaen, ar hyd yr arfordir heibio Prestatyn a'r Fflint. Edrychai Siôn drwy'r ffenest, ond yn hytrach nag edmygu arfordir ysblennydd y gogledd-ddwyrain yn gwibio heibio, roedd mwy o ddiddordeb ganddo yn adlewyrchiad y teulu bach yn y gwydr. Y ddau fach yn lliwio'n ddiwyd, a'r fam yn how ddarllen llyfr, er na chredai ei bod wedi gallu darllen mwy na brawddeg ers iddi agor y clawr. Roedden nhw'n deulu perffaith.

"Dan ni wedi bod yn gweld Steddfod heddiw – a Rapsgaliwn,' daeth y llais bach o'r gornel dde unwaith eto.

Crychodd Siôn ei wefus mewn penbleth ar ei gyfaill bach. Ond cyn iddo allu ei holi ymhellach, mi grwydrodd Ifan yn ei flaen i gymal nesa'r sgwrs.

'Dad fi wedi marw flwyddyn dwetha.'

'Shh, Ifan. Sorri am hyn, mae o'n un garw am ddeud ei hanes wrth bawb,' tuchanodd Siwan mewn embaras.

'Lle ma Dad ti?'

'Mae Dad fi wedi marw hefyd,' atebodd Siôn ar ei union.

'Yndi?' rhyfeddodd Ifan. 'Cŵl. Ydi o yn y nefoedd hefyd?'

'Yndi, mae'n siŵr.'

'Ella bo' Dad ti a Dad fi yn nabod ei gilydd, felly, efo Iesu Grist yn y nefoedd.'

'Ella wir.'

'O'dd calon Dad fi'n sâl, 'nes i ffeindio fo'n gorwedd ar lawr yn yr ardd gefn – wedi marw.'

'Ifan, dyna ddigon. Ymddiheuriadau am hyn eto,' meddai Siwan gan godi ei hysgwyddau.

'Mae'n iawn, siŵr,' atebodd Siôn. 'Mi o'dd calon fy nhad i'n sâl hefyd, Ifan.'

'Ella bo' calonnau'r ddau yn well a nhwytha efo Iesu Grist rŵan. Dwi'm yn gwbod ydi Duw yna hefyd 'de. Dwi ddim yn siŵr iawn,' cysurodd Ifan ei fêt newydd yn annwyl. 'Yn Llundan o'dd Dad yn byw pan oedd o'n fach, dyna pam ma Nain a Taid fi'n byw yna rŵan. Wyt ti a Ben isio dod i weld nhw efo ni?'

'Ben?' gofynnodd Siôn, a golwg ddryslyd arno.

'Ia. Ben – ffrind ti?'

'O, ia siŵr,' deallodd Siôn gan chwerthin yn ddi-sŵn.

Synnodd Siôn at yr agosatrwydd a deimlai tuag at y

bachgen penfelyn yma a oedd yn ddiarth iddo ac na wyddai am ei fodolaeth hanner awr yn ôl. Daeth cyhoeddiad ar yr uchelseinydd fod y trên ar fin cyrraedd Caer.

Edrychodd Siôn ar y bag ar ei lin unwaith eto. Sylweddolodd nad oedd yn cydio mor dynn yn y strapiau erbyn hyn, a'i fod rywsut yn cwestiynu ei gymhellion ei hun a'i daith i Lundain. Cododd Ifan ei fawd ar Siôn i gydnabod eu bod nhw'n ffrindiau, a'i fod o'n deall be oedd yn mynd drwy ei feddwl.

Stopiodd y trên yn yr orsaf.

'Dyma'n stesion i,' meddai Siôn wrth godi o'i sedd yn swta.

Edrychodd Ifan i fyny arno. 'O'n i'n meddwl bo' ti'n mynd i Lundain fatha ni?'

'Ti'n iawn, Ifan, mi roeddwn i wedi bwriadu mynd. Ond dwi'n meddwl mod i wedi anghofio rhywbeth adra.'

'Adre? Lle ma fan'ne?'

'Ym mhen draw'r byd, sti, ond dwi'n gwybod nad ydi o'n bell rŵan.'

Edrychodd Siwan arno a gwenu'n dyner. 'Diolch am dy amynedd efo'r bachgen 'ma. Pob lwc i chdi ar dy daith yn ôl.'

Wrth i Siôn gerdded tua'r drws i adael y trên, mi glywai Ifan yn holi, 'O't ti'n nabod o, Mam?'

'Nag oeddwn, Ifan. Wyt ti isio mi estyn yr iPad?'

Cerddodd Siôn o'r platform tua mynedfa'r orsaf a oedd hefyd yn allanfa i'r rhai oedd isio gadael.

Daeth chwa o ryddhad drosto, a theimlodd ollyngdod rhyfeddol yn llifo drwy ei gorff mwya sydyn. Cododd ei ben ac edrych yn ei flaen. Mi gofiodd pwy roedd y bachgen bach yn ei atgoffa ohono.

Fo'i hun.

15:41
Hwlffordd, Sir Benfro

Wy'n siŵr fod pobl hapus yn anadlu ocsigen gwahanol i bawb arall.

Doedd Jack ddim yn hapus ei fyd heddiw. Efallai na fuodd o erioed yn hapus. Roedd gweld yr holl blant o gwmpas y lle yn gyforiog o ddedwyddwch yn codi pwys arno.

Dros y blynyddoedd roedd wedi ceisio dod o hyd i wynfyd sawl tro, ond yn ofer. Bu *bron* yn hapus un tro, diolch i Maria.

Maria oedd ei blentyn cyntaf, a'i unig blentyn. Dim ond unwaith y gwelodd o hi. Roedd Maria a'i mam wedi symud i'r gogledd i fyw at hen fodryb, gwta wythnos ar ôl iddi gael ei geni, gan fod cael babi â theithiwr wedi dwyn gwarth ar y teulu. Fydd Jack ddim yn meddwi amdani'n aml, ond pan fydd, daw gwewyr drosto am yr hyn na chafodd.

Yn dynn wrth sodlau'r plant, cerddai dau ŵr canol oed yn ddigon simsan. Ar eu ffordd i'r Crown ar ôl peint neu ddau yn y Goat yr oedden nhw, debyg. Roedd un ohonyn nhw'n atgoffa Jack o'i dad – locsyn du a phen moel. Un da oedd ei dad am chwarae'r organ geg. Cyn noswylio, byddai wastad am i bawb ganu: caneuon y Romani ac ambell ddatganiad o 'Sosban Fach', a'r hen wragedd wrth eu hymyl yn tynnu mwg o'u cetynnau clai.

Cuddio fu Jack ar hyd ei fywyd, gan encilio rhwng pedair wal fel malwen dan gysgod carreg. Efallai mai gweld eisiau Maria oedd wedi ei wneud fel hyn, a hwyrach mai ei cholli hi oedd wedi ei chwerwi, a'i ddiffyg gwreiddiau'n achos iddo ochel rhag dangos cariad.

Mae Nia yn ôl reit.

Ar wahân i Maria, dim ond un plentyn a hoffodd Jack erioed. Nia, merch John Roberts, Cae Gwyn.

Am ryw reswm edrychai Nia arno â chariad na welodd ei debyg erioed. Teimlai Jack ryw gariad tadol tuag ati, er nad oedd o'n ei hadnabod yn iawn. Nia – a'i chwrls melyn a'i chwerthin ffein. Prynai Jack losin iddi bob prynhawn Mercher pan âi â'r *feed* gwartheg i'r fferm.

Mae Nia yn unig hefyd, debyg iawn, dim ond hi a'i thad a'r anifeiliaid yn gwmni. O leia mae gan Nia ei thad; fydd neb yn cofio amdana i pan adawa i'r hen fyd yma. Cael fy llosgi a'm taflu i annwfn angof. Fydda i'n ddim byd mwy na lludw'r lle tân.

100

16:04
Mynydd Preseli, Sir Benfro

Eisteddai Nia mewn cae yn gwneud cadwyn llygaid y dydd. Roedd hi wedi blino o'i chalon ar ôl bod yn chwarae a helpu ei thad ar y fferm gydol y prynhawn. A hithau'n ddiwrnod mor braf heddiw, tybiai Nia nad oedd unman gwell i fod ar y ddaear nag yn y fan yma, ag ehanger y mynydd-dir a'r bryniau llawn dirgelwch yn ymestyn o'i blaen.

Ar ôl cinio bu ei thad a hithau'n edrych dros y môr o'r buarth cefn, gan weld Eryri tua'r gogledd, ac i'r gorllewin credai John Roberts Cae Gwyn iddo weld mynyddoedd Wicklow yn y pellter, er na welodd Nia fawr ddim ond cil haul ar derfyn y môr.

Dyheai Nia am gael cwmni brawd neu chwaer, neu gyfaill nad oedd yn anifail. A hithau wedi ei magu ar fferm anial a thir moel o'i chwmpas, roedd pobman a phob dim wastad yn y pellter. Deallai Nia mai dyma oedd y drefn, ac mai fel hyn yr oedd pethau i fod, ond ni allai beidio teimlo ei bod ar goll ar brydiau.

Hoffai Nia wylio'r môr a'i donnau, ond ni châi fyth fynd i'r traeth am dro. Roedd gan ei thad ofn y dŵr a'i ddyfnder, ac er bod traethau di-ben-draw yn Sir Benfro, doedd Nia byth yn cael eu mwynhau.

Er na chafodd erioed weld na theimlo'r môr yn agos, byddai ei thad a hithau'n aml yn mynd am dro i weld ambell atyniad lleol. Un o hoff lefydd Nia oedd Casnewydd Bach, a chofeb yr enwog Barti Ddu ar sgwâr y pentref. Byddai ar ben ei digon yn clywed straeon am y môr-leidr yn y Caribî – y cymeriad lliwgar a rannu'r un enw â'i thad ac a oedd yr un mor enwog am ei ddireidi ag yr oedd am ei greulondeb.

Bu farw mam Nia yn ifanc, bron iawn yn syth ar ôl iddi gael ei geni. Roedd lluniau ohoni hyd y tŷ, ond doedd yr un llun o'r ddwy gyda'i gilydd. Yn ôl ei thad, cawsai drawiad yn syth wedi'r enedigaeth a fu dim cyfle i estyn y camera.

Er bod ei hwyneb ar bob wal tu mewn i'r ffermdy, doedd John Roberts ddim yn hoffi siarad am ei wraig. Lawer gwaith holai Nia am ei pherthnasau, ond doedd ganddi neb: dim modryb, dim mam-gu, dim cyfnither nac ewythr – roedd pawb wedi mynd.

Roedd gan Nia beth wmbredd o ffrindiau yn yr ysgol, ond doedden nhw byth yn cael dod i'r fferm gan fod ei thad yn rhy brysur. O dro i dro mi âi i chwarae at rai o'i chyfeillion ar ôl yr ysgol, a gwirionai bob tro at lawnder cartrefi pobl eraill.

Ond doedd bod yn unig blentyn wyth oed ddim yn ddrwg i gyd. Gan ei bod yn byw ar fferm, mi fyddai yna lawer o bobl yn ymweld am wahanol resymau ynglŷn â'r gwaith ac yn dod ag amrywiol nwyddau yno. A chan mai hi oedd yr unig blentyn, hi oedd yn cael y sylw i gyd.

Hoffai Nia un ymwelydd yn enwedig. Cawr o ddyn oedd Jack; byddai'n codi ofn ar aml un, ond nid Nia. Mi ddeuai yno bob dydd Mercher gyda *feed* i'r stoc, a phaced o daffi neu Maltesers iddi hithau. Roedd Jack fel tad-cu dirgel iddi.

Ar ôl clymu ei hugeinfed llygad y dydd yn y gadwyn, gorweddodd Nia yng nghanol y gwair i edrych ar yr awyr. Rhyfeddai pa mor uchel oedd y nen uwch ei phen, a cheisiodd afael mewn cwmwl â'i llaw.

Be tasa'r awyr yn disgyn wrth i mi gydio yn y cymylau?

Roedd yr holl fyfyrio wedi ei blino, a chyn iddi orffen clymu'r mwclis o flodau at ei gilydd, syrthiodd i gysgu yng nghanol y borfa, a'i thresi aur yn gymysg â'r blodau.

Wrth iddi gysgu, mi glywodd Nia'r blodau menyn yn siarad efo'r blodau llygad llo mawr. Yna gerllaw, yn un o'r gwrychoedd, gallai glywed y gwyddfid yn canu, a'r ysgawen oddi tano'n ymuno mewn harmoni hudol. Ac mewn llwyn ar bwys yr ysgawen, ymunodd bronfraith â'r *ensemble*, gan ailadrodd pob cymal o'r gân cyn symud ymlaen i'r pennill nesa.

Daeth gwynt ysgafn o rywle, gan beri i bennau'r blodau menyn blygu a chosi trwyn Nia wrth iddi orwedd.

'*Tybed ydi hi'n hoffi menyn?*' *gofynnodd un llygad llo mawr i'r llall.*
'*Go brin,*' *atebodd y fronfraith yn hy.*

Gyda hynny, gwyrodd y blodau menyn yn is, fel tasan nhw'n plygu glin, a swatio dan ên Nia dlos. Trodd ei gwddw yn felyn yn syth.

'Ydi, mae hi yn hoffi menyn. Hwrê!' meddai'r
blodau i gyd gan ddawnsio'n un haid.

Deffrodd Nia yn swta. Ac wrth agor ei llygaid yn araf bach, teimlai fod y blodau i gyd yn syllu arni.

Cododd ar ei heistedd a rhwbio'i breichiau; roedd hi wedi oeri braidd wrth orwedd. Wrth fwytho rhwng ei phenelin a'i hysgwydd gallai ogleuo'r mymryn olaf o eli haul yr oedd ei thad wedi ei blastro drosti'n gynharach. Arogl cysurus yr haf, gwynt maldod. Oglau o'r gorffennol.

Daeth croen gŵydd drosti.

16:06
Rhosesmor, Sir y Fflint

Roedd ceg Una Lewis yn sych grimp fel crystyn stêl, er bod dagrau rif y gwlith wedi gwasgu o'i llygaid dros ei gruddiau i'w gwallt.

Mi lwyddodd y ddau ddihiryn i agor y gist, gyda chymorth llafn fetel a fu ar un adeg bron â rhwygo'i bysedd o'u gwraidd. Chawson nhw ddim byd allan ohoni hi chwaith; wedi'r cwbl, roedd y gist yn wag, fel roedd Una wedi dweud.

Gadawodd y cwpl brenhinol rywfaint yn gyfoethocach ond wedi eu siomi, gorweddai Una ar waelod y grisiau.

Roedden nhw wedi ei thynnu gerfydd ei gwallt o'r llofft, a hithau'n gleisiau ac yn grafiadau drosti. Roedd hi'n wlyb at ei chroen, ei dillad wedi eu mwydo mewn dŵr a gwaed.

Dwi'm yn gallu agor fy llygaid, Idris. Mam, dwi ddim yn gallu gweld. Dwi'n socian.

Roedd y dagrau sych a'r gwaed wedi troi'n grawen dros ei haeliau, ond roedd Una yn fyw, yn anadlu. Yn nes i'r lan nag yr oedd awr yn ôl.

Mi fydd raid i chi aros amdanaf, Mam. Dwi'm yn meddwl mod i'n barod eto.

Ceisiodd godi ar ei phengliniau; roedd hi'n simsanu gyda phob symudiad, ond o leiaf gallai symud.

Diolch i chdi am baratoi lle i mi, Idris, ond mae'n debyg y bydd hi'n beth amser cyn y cawn ni gwrdd eto, fy nghariad. Paid â phoeni amdanaf, mi fydd Dewi yma toc. Mi gawn ni ginio neis ac anghofio am bopeth – mi ffoniodd o gynna. Mae'r siop yn gwneud yn dda, wyddost ti.

Ni fyddai pethau byth yr un fath yn y Garnedd, ond o leiaf roedd Una yn gwybod bod fory'n bod.

16:20
Clynnog Fawr, Gwynedd

Angyles ydi Angela.

Wel, dyna gredai Tecwyn Evans beth bynnag. Ei Angel Gwarcheidiol o. Wrth ddrws ffrynt y byngalo mae yna brint lliwgar o angel yn hebrwng brawd a chwaer dros bont. Pictiwr mewn ffrâm aur smâl ar y wal *woodchip* ydi o ac mae yna hen olwg rad arno, ond mae'n cael ei drysori gan Tecwyn. Ac Angela ydi'r peth 'gosa sydd ganddo at yr angel honno ar y pared.

Mae yna lot o fynd a dod yn y byngalo, wrth i'r giwed o *home helps* amrywiol ddod i dendio ar Tecwyn. Ond toes neb tebyg i Angela. Roedd Sera, honno oedd yma ddoe, yn dawelach o'r hanner, a braidd yn siŵr ohoni'i hun ydi Barbra, sy'n landio ar benwythnosau fel arfer.

Mae Sharon yn hoffi Angela hefyd, a hithau mor ffeind gyda'i thad yng nghyfraith. Mae hi'n siarad efo Tecwyn Evans fel tasa fo'n dad iddi. Mae o'n dotio, ac mae Sharon yn licio hynny.

'Mi rydach chi'n edrych yn llawer gwell heddiw, Taid.' Closiodd Sharon ato.

Doedd Tecwyn Evans ddim wedi bod yn ei bethau ers rhai wythnosau. Yn wyth deg ac wyth oed roedd o'n dal ati'n wych o ystyried, ond doedd ei gorff ddim cystal â'i feddwl. Eisteddai yn ei gadair feddal a'i ddwy law grychiog yn gafael yn ei gilydd, gan mai dyma'r unig ddwylo oedd ganddo i gydio ynddyn nhw bellach.

Tuchanodd yr hen ŵr rywbeth na ddeallai Sharon yn iawn, ac yna dechreuodd ganu, '"Dros Gymru'n gwlad, O Dad, dyrchafwn gri-i, y winllan wen a roed i'n gofal ni".' Winciodd Sharon ar Angela, a rhoddodd hithau wên yn ei hôl i gydnabod y winc. Un smala oedd Tecwyn Evans.

Torrodd Sharon ar draws y siantio. 'Mae Siôn wedi mynd am Lundain pnawn 'ma, Taid.' Siaradai'n uchel gan wneud siâp ceg fawr wrth yngan y geiriau, er mwyn iddo'i dallt hi'n iawn. 'Wedi mynd i weld ffrindiau. Mi ddaw i'ch gweld pan ddaw yn ei ôl.'

Nodiodd Tecwyn Evans a chyrlio'i wefus ar i fyny. Roedd enw Siôn bob amser yn dod â gwên iddo.

Deuai Angela neu un o'i chyd-weithwyr yma at Tecwyn Evans bob bore, bob amser cinio a phob gyda'r nos i baratoi bwyd a rhoi help llaw iddo yn yr ystafell ymolchi. Fyddai fiw i neb grybwyll mynd i 'gartref' yn ei ŵydd.

'Fama 'di'n lle i. Shrincio fydd pobl a'u cyfrifon banc wrth fynd i gartref hen bobl,' arferai ddeud.

Yn Nymbar 10 Hafan Beuno y bydd o'n trigo am weddill ei oes, os caiff ei ffordd, a phregethodd sawl tro mai mewn bocs yn unig y byddai'n cael ei gario oddi yno.

Mae gan chwaer yng nghyfraith Angela ganser, canser go ddrwg nad oes gwella iddo. Mae Angela wedi deud yr hanes i gyd wrth Tecwyn a Sharon, ac wedi bod yn sôn am y gofal ardderchog mae Sue yn ei gael yn yr hosbis yn Llanfair-pwll.

Yn rhyfeddol ddigon, mae hynny'n gwneud i Tecwyn deimlo'n well ac yn llai hunandosturiol. Mae o'n mwynhau clywed y diweddara am gyflwr Sue, ac mi fydd o'n holi am Meic a'r plant yn aml. Mae o bron iawn yn siŵr ei fod hyd yn oed yn nabod teulu tad go iawn Robin! Ac mae helbulon Angela yn gwneud iddo anghofio'i hun a'i henaint.

'Mi fasa'n neis cael Angela yma bob dydd, yn basa Taid?' anwesodd Sharon gefn ei law.

Mae hi a'i thrallod yn chwa o awyr iach!

Wrth i Angela baratoi i adael, bydd Tecwyn Evans yn estyn papur pumpunt o'i amlen pensiwn tu ôl i'r *carriage clock* efydd ar ben y silff ben tân. Yna, mi fydd yn gosod yr offrwm yn nwylo Angela, gan gau ei law o dros ei dwylaw hithau cyn ochneidio. Mae hitha'n rhoi gwên werthfawrogol arno.

Yna, yr un mor ddeddfol, wrth adael, mi fydd Angela yn rhoi'r papur pumpunt yn dwt yn waled yr hen ŵr yn y jestadrôr sydd o dan yr angel a'r plant wrth y drws ffrynt.

Mae hi'n fanna o'r nefoedd.

16:24

The Waterloo, ger Llansilin, Powys

Roedd yna ddigon o fara brith yn weddill i fwydo byddin Napoleon yn yr Waterloo, a dim ond crystiau'r brechdanau tun samwn oedd ar ôl. Sipiodd Bob dropyn olaf ei bedwaredd paned ers iddo gyrraedd. Roedd ei geg yn sych ar ôl yr holl siarad a'r cydymdeimlo.

> *Ewadd, mi roedd y canu yn yr eglwys yn hyfryd. Mi fasat ti wedi mwynhau'r morio, Enid.*

Gafaelodd Gwyn ym mhenelin ei ewythr a deud fod y car yn disgwyl amdanyn nhw tu allan. Wrth adael y te claddu yn yr hers am Rydygalen, go brin y byddai Bob wedi dychmygu y byddai'n dychwelyd y prynhawn hwnnw i gartref oedd â mwy o wacter yn perthyn iddo nag erioed o'r blaen.

Prin y byddai Eleri hefyd wedi breuddwydio y byddai pethau wedi mynd mor hwylus iddi hithau a'i chynlluniau: y cyfan oll wedi disgyn i'w le yn ôl y trefniant heb ddim lol. Byddai'r holl flaengynllunio a'r amseru'n talu ar ei ganfed – yn llythrennol; dim ond gobeithio fod Cynan a'i griw wedi gwneud joban dda ohoni.

Ffortiwn ei hewythr yn bentwr yng nghefn lorri fawr neu ddwy, a hithau'n elwa'n gyfan gwbl, heb falio'r un ddraenen am Bob.

Ei bwriad yn trefnu'r lladrad oedd bachu ei siâr hi,

a mwy, o'r hyn y byddai'n ei etifeddu yn y pen draw ymhen blynyddoedd, p'un bynnag. Fasa'i brawd, Gwyn, ddim wedi meddwl am y ffasiwn beth dros ei grogi; roedd angen crafter dynes ar gyfer cynllwyn o'r fath.

Diafoles i'r gwraidd oedd Eleri Jên, yn troi'r dŵr i'w melin ei hun byth ers i Julian, ei gŵr, gael ei ddal yn caru ar y slei efo Sue Pen Eithin. Roedd ei gwaed yn dal i ferwi ugain mlynedd wedi'r brad.

Trefniant ofnadwy o greulon oedd hwn, dwyn ar ddiwrnod cynhebrwng. Y dodrefn i gyd wedi mynd, a phob llun o werth wedi ei lapio'n ddiogel yn barod i'w werthu, gan adael Rhydygalen yn blisgyn heb ganol.

Ond mae Bob mor wydn â'r fedwen sydd wedi hen arfer â phobl yn cerdded dros ei gwreiddiau, neu yn eu caethiwo nhw mewn concrit. Mae o mor soled â'r ynn sy'n ymrafael â'r *Chalara fraxinea.*

Ella fod Rhydygalen yn wag, ond mae gan Bob ei goed. Tydi'r rheiny ddim yn mynd i unman.

16:58
Bangor, Gwynedd

Gosododd Morfydd ei gwallt taffi triog tu ôl i'w chlust gan obeithio y byddai'n aros yno am y tri munud nesa.

Biti na faswn i wedi cofio fy nghlipiau gwallt, myn diawl. Ma'r blydi awel 'ma yn gryfach nag yr oedd hi gynna.

Am olwg ei gwallt y byddai ei mam bob amser yn sôn ar ôl unrhyw ddarllediad, yn hytrach na rhoi sylw i gynnwys yr adroddiad. Y tameidiau gwyn oedd yn ei phoeni'n ddiweddar, gan ryfeddu fod ei merch yn gwynnu cyn ei hamser a hithau'n ddim ond hanner cant ac un.

Dwi angen torri'n fringe. Ma'r blydi peth yn mynd i'n llygaid i drwy'r amser.

Gwthiodd y clustffon bach ymhellach i mewn i'w chlust a gwrando. Yn y pellter roedd llais y cyflwynydd yn siarad yn stiwdio "Golwg ar y Byd" yng Nghaerdydd. Gan fod cymaint o sŵn o'i chwmpas doedd Morfydd ddim yn medru ei glywed yn iawn. Tydi stryd fawr ddim yn lle delfrydol i ddarlledu'n fyw. Cymaint o bobl o gwmpas, a phawb yn syllu neu'n busnesu. Gallai jest abowt glywed John Philips yng Nghaerdydd bell, ond mi roedd ei lais yn clician fel tasa rhywun yn torri cnau drwy'r gwifrau:

'Mae nifer yr achosion o ganser yr ysgyfaint ymhlith

merched yn parhau i gynyddu. Yn ôl ffigyrau diweddara Cancer Research UK, mi welwyd y ganran sy'n dioddef yn treblu rhwng canol y saithdegau a dwy fil a deuddeg. Mae'r ystadegau, medd yr elusen, yn adlewyrchu'r ffaith fod llawer mwy o ferched yn ysmygu yn y saithdegau. Mi awn ni draw nawr at ein gohebydd, Morfydd Ellis, sydd yng Nghanolfan Siopa Meirion ym Mangor. Morfydd.'

Roedd calon Morfydd yn cnocio tu ôl i'w hasennau, fel y byddai bob tro cyn iddi fynd ar yr awyr.

Callia, Mor bach – mi fyddi di'n iawn.

'Diolch, John. Wel, mae'r siopau ar fin cau yma yng Nghanolfan Siopa Meirion. Mae gan bobl ryw hanner awr yn weddill i orffen gwario. Yn ystod y prynhawn rydan ni wedi gweld ambell un yn tanio smôc wrth gael egwyl o'r siopa, ond doedd neb yn fodlon siarad efo ni am eu profiadau. Felly, yn ymuno hefo fi rŵan mae'r Dr Ioan Williams, meddyg sy'n arbenigo ar y frest yn Ysbyty Gwynedd, yma ym Mangor. Dr Ioan Williams, ydi'r ffigyrau yma'n adlewyrchu'r hyn dach chi'n ei weld yn eich gwaith o ddydd i ddydd fel meddyg?'

Gwthiodd Morfydd y meicroffon o dan ên y meddyg boliog. Roedd ganddo locsyn brown golau oedd yn cyrlio ar ei derfyn, a safai yno fel morlo barfog, balch yn awchu am ateb y cwestiwn. Ac wrth iddo ddechrau siarad, camodd Morfydd yn ei hôl i wneud lle i'r gŵr camera fynd yn nes ato.

113

'Wel, mae'r ffigyrau yma'n dangos yr *impact* marwol mae tybaco'n gallu ei gael. Mae'r cynnydd yng nghanser yr ysgyfaint ymhlith merched yn adlewyrchu'r nifer uchel ohonyn nhw oedd yn smocio sawl degawd yn ôl, pan oedd agweddau'n wahanol.' Wrth iddo siarad, anwesai ei locsyn i fyny ac i lawr yn ystyriol. 'Yn y chwedegau roedd pethau ar eu gwaetha, mae'n debyg. Roedd bron hanner cant y cant o ferched yn smocio. Tydi hynny ddim yn wir rŵan, wrth gwrs. Mae yna lot llai yn ysmygu'r dyddiau yma.' Nodiodd Dr Ioan Williams i gadarnhau mai dyna oedd diwedd ei ateb cyntaf.

Dapia, mi roedd hwnna'n ateb byrrach nag roeddwn i'n ei ddisgwyl!

Brwydrodd Morfydd i ffeindio'r frawddeg nesa, oedd wedi'i pharatoi yn rhywle yn ei chof. Roedd hi fel alarch yn padlo fel yr andros dan ddŵr, ac o'r diwedd fe ddoth i'r fei. 'Faint o bobl sy'n marw o ganser yr ysgyfaint, felly?'

Wrth i'r Doctor fynd ati i ateb yr ail gwestiwn, mi landiodd criw o hogiau a genod ifanc wrth eu hymyl. Ac o fewn dim roedden nhw'n sefyll tu ôl i'r ddau'n tynnu ystumiau. Esboniodd Dr Williams y cwbl am y ffigyrau diweddara yn gwbl broffesiynol, er gwaetha'r sioe oedd yn gefndir iddo, a cheisiodd Morfydd hysio'r criw oddi yno yn ystod ei ateb.

Idiots gwirion. Be ddiawl dwi'n mynd i ddeud nesa?

Ac fel tynnu cwningen allan o het, daeth y geiriau heb feddwl. 'Be ydi ymateb Llywodraeth Cymru i'r ffigyrau diweddara yma?'

Roedd Doctor Williams yn teimlo'n go anghyfforddus erbyn hyn, gyda phresenoldeb y giang tu ôl iddo. Gwasgodd gynffon ei locsyn yn sownd, a'r bodio'n cynnig cysur iddo, wrth i'r twrw o'i gwmpas gau amdano. Ond fel *pro* go iawn, mi ymladdodd yn ei flaen fel morwr mewn drycin. 'Mi gafwyd datganiad gan Lywodraeth Cymru bore 'ma yn ymateb i'r ffigyrau, yn deud eu bod nhw'n bwriadu gneud mwy i godi'r ymwybyddiaeth am beryglon smocio. Eisoes, ma'r Llywodraeth yn San Steffan wedi cyflwyno pacedi sigaréts plaen, heb eu brandio. Hefyd, mae 'na rybuddion clir ar bacedi'r dyddiau yma. Ond yn sicr mae yna lawer mwy y gellid ei wneud.' Nodiodd y meddyg unwaith eto, roedd yn gwybod o edrych ar lygaid Morfydd y basa'n well iddo roi taw ar bethau. Yn ei chlust gallai glywed yr is-gyfarwyddwr yn cyfri i lawr o ddeg yn uchel. Dyna'i harwydd fod yr amser ar ben.

Diolch i Dduw fod hynna drosodd. Tydi munud a phedwar deg pum eiliad ddim yn swnio'n fawr o amser ar y dechrau, ond mae o'n blydi hir pan fydd 'na ffyliaid fel'na o gwmpas.

'Dr Ioan Williams, diolch yn fawr i chi. Yn ôl atoch chi, felly, i'r stiwdio yng Nghaerdydd. John.'

Bu distawrwydd am tua phum eiliad wrth i Morfydd

115

afael yn ei chlust. Gwrando yr oedd hi am ymateb y cynhyrchydd, er mwyn cael cadarnhad nad oedden nhw bellach ar yr awyr. Nodiodd â gwên. Roedd popeth yn iawn. Tynnodd y clustffon a mynd ati i dynnu'r meicroffon bach oedd yn cydio yng ngholer ei chôt felfed las. 'Diolch yn fawr iawn i chdi, Ioan, am hynna. Mi 'nes ti'n wyrthiol o feddwl fod y ffyliaid yna yn ein herian ni o'r tu ôl. Diolch i chdi am fod mor barod i ddod yma ar bnawn Sadwrn hefyd. Dwi'n siŵr fod gen ti bethau rheitiach i'w gwneud na bod yn fama!'

Gwridodd y doctor, gan na fedrai feddwl am unrhyw le gwell i fod na threulio ennyd fach gyda Morfydd Ellis ar brynhawn Sadwrn. 'Popeth yn iawn, siŵr. Fe wyddost ti fy mod i'n fwy na pharod i helpu.'

'O, diolch yn fawr, Ioan,' meddai Morfydd gan roi o bach i'w gefn yn frawdol. 'Cer adra 'nôl at y plantos rŵan, a mwynha be sy'n weddill o'r penwythnos! Hwyl.' Estynnodd ei llaw ato a chydio ynddi i ddiolch iddo. Gwasgodd Ioan Williams ei llaw yn ôl, a'r cyffyrddiad yn troi'n gyffro yn ei stumog.

'Da bo rŵan, tan tro nesa felly.' Ac i ffwrdd â fo, gan ymlwybro ar hyd y stryd fawr yn fodlon ei fyd. Ei uchelgais erioed oedd cael bod yn feddyg, ac mi wireddodd hynny. Ond mi gâi wefr eithriadol wrth wneud cyfweliadau ar gyfer y cyfryngau. Teimlai'n fyw rywsut, fel ci'n cael ei frolio.

Trodd Morfydd at y gŵr camera wrth i hwnnw ddatgysylltu'r gwifrau o'r fan lloeren. 'Diolch i ti am hynna, Pete. 'Sgen ti amser am smôc sydyn cyn mynd adra?'

17:03
Grœslon, Gwynedd

Shit, shit, cachu.

Troellai popeth o'i amgylch yn union fel yn ei feddwl, a theimlodd Robin densiwn yn ymledu drwy ei gorff. Roedd sŵn gwydr yn glawio dros bob man wrth i'r *airbag* chwythu yn ei wyneb, ac ar ei lin roedd ei ffôn symudol efo neges destun ar ei hanner. Roedd y gwrthdrawiad wedi ei barlysu, ond doedd o ddim wedi brifo - yn wir, doedd dim marc arno o gwbl.

Roedd o wedi taro rhywbeth, mi wyddai hynny. Stopiodd y car. Arhosodd am ychydig eiliadau, eiliadau oedd yn teimlo fel canrifoedd o leiaf. Yna daeth sŵn sgrech. Edrychodd yn y drych a gweld bachgen tua phymtheg oed yn mynd ar wib at rywbeth neu rywun oedd ar lawr ar y lôn ychydig lathenni tu ôl i'r car. Wnaeth hwnnw ddim edrych i gyfeiriad y car.

Teimlai Robin fel pe bai mewn drama, ac nad oedd yr hyn a welai'n bodoli go iawn. Caeodd ei lygaid fel yr arferai ei wneud ar ôl chwythu'r canhwyllau ar gacen pen-blwydd - yn dymuno ac yn erfyn mai rhith oedd y cwbl.

Roedd yr hyn a ddigwyddodd wedyn yn syndod llwyr iddo. Clywodd gnoc ar y ffenest wrth ei ochr. Roedd dynes mewn blows werdd tywyll wedi ymddangos o nunlle ac yn meimio arno i agor y ffenest.

'Welis i bopeth, cer o'ma rŵan,' meddai'r ddynes yn siarp. 'Does dim angen i chdi aros.'

Edrychodd Robin arni mewn rhyfeddod; roedd mewn mwy o sioc o glywed be ddeudodd y wraig nag o achos y ddamwain ei hun.

'Mae 'na rywun wedi brifo, dwi'n meddwl. Merch ydi hi, o be wela i o fama. Mae'r ambiwlans ar y ffordd – glywis i rywun yn ffonio. Rŵan, dos.'

Roedd gwefusau Robin wedi fferru, yn oer fel talpiau o rew, a methai'n glir â'u symud i'w hateb. Edrychodd yn y drych eto. Gwelodd y bachgen yn parhau i gofleidio pwy bynnag oedd wedi brifo, a gŵr efo ci ar dennyn wrth ei ochr yn gweiddi efo'r ffôn bach wrth ei glust.

'Chei di fyth dy ddal os gwrandewi di arna i rŵan,' cynghorodd y ddynes ddirgel unwaith eto.

Pwy ydi hon? Pa fath o berson fyddai'n fy achub o'r fath sefyllfa?

Ac yntau'n crynu fel na chrynodd erioed o'r blaen, dilynodd Robin gyfarwyddiadau'r wraig anhysbys, a gyrru yn ei flaen. Roedd y dagrau'n cronni, fel tasa yna gerrig trwm yn tynnu ar socedau'i lygaid, wrth iddo lithro i realaeth nad oedd yn perthyn i'w fyd dri munud ynghynt.

17:04

Porthaethwy, Ynys Môn

Roedd y dyddiau'n teimlo fel wythnosau, a'r wythnosau hynny'n ymestyn cyn belled fel eu bod yn teimlo fel misoedd, ers i Rol weld Morfydd Ellis yn y cnawd ddiwethaf. Roedd ei gweld ar y sgrin fach yn braf, ond doedd hynny ddim cweit yr un fath â'i gweld wyneb yn wyneb. Mae'r llen plasma'n fur rhwng y ddau, a tydi hynny ddim yn diwallu ei angen rywsut.

Trafod smocio roedd Morfydd y prynhawn yma, yn ei chôt felfed las. Mae Rol yn meddwl bod glas yn ei siwtio, ddim cystal â'r siwt biws, efallai, ac yn sicr ddim cyn ddeled â'r flows felen efo lluniau adar bach arni. Mae honno'n sbesial. Ond mae glas yn gweddu iddi, yn cyd-fynd yn berffaith â'i llygaid. Glas ydi lliw ei llygaid, mae Rol bron iawn yn siŵr.

> *Peth rhyfedd ei bod hi'n gweithio ar ddydd Sadwrn. Tydi hi ddim yn arfer gweithio ar benwythnosau. Prinder staff, mae'n siŵr.*

Roedd Rol mewn cariad â Morfydd Ellis ers blynyddoedd. Y tro cyntaf iddo'i gweld oedd pan oedd hi'n gohebu mewn gŵyl gerddoriaeth ym Mhen Llŷn. Mi deimlodd ei galon yn cyflymu ar ôl gweld ei llygaid glaswyn oedd fel adlewyrchiad o'r awyr ar brynhawn braf. Fuodd pethau byth yr un fath wedyn. Mae ei obsesiwn gyda'r gohebydd wedi para mwy nag unrhyw berthynas arall a gafodd erioed.

Pwysodd y botwm 'am yn ôl' ar y *remote* Sky, nes ei fod wedi cyrraedd y fan lle trosglwyddodd John Philips yr awenau i Morfydd Ellis ar y stryd fawr ym Mangor.

Dwi'n siŵr dy fod yn falch nad oedd raid i chdi deithio ymhell i dy waith heddiw, Morfydd? Tydi Bangor 'mond lawr y lôn! Mi fydd di adra cyn hir.

Gwyliodd Rol y teledu bach, gan sbio ar Morfydd yn ei chôt las, a'r arbenigwr crwn wrth ei hymyl yn traethu. Ffrydiodd llif o genfigen trwy ei wythiennau.

Biti am yr hogiau gwirion 'na yn y cefndir yn sbwylio pethau i chdi, Morfydd fach. Ond mi 'nes ti'n dda. Ti'n medru handlo pethau fel yna, yn dwyt? Ti'n un dda mewn creisis.

Mae Morfydd Ellis yn dda mewn argyfwng. Os oes unrhyw stori fawr yn codi yng Nghymru neu'r tu hwnt, Morfydd Ellis sy'n cael ei hanfon yno. Dros y blynyddoedd bu'n gohebu yn yr Unol Daleithiau ac yn Afghanistan. Cofia Rol ei gweld yn fyw o Camp Bastion unwaith, a'r holl filwyr ifanc cyhyrog o'i chwmpas. Bu'n flin am ddyddiau wedyn, a Morfydd mor bell.

Pwysodd Rol y botwm *pause* er mwyn dal y ffrâm lle roedd ei arwres yng nghanol y sgrin. Hi oedd canolbwynt ei fywyd.

Dwi mor lwcus yn gallu dy weld unrhyw bryd dwi'n dymuno.

Tydi Rol ddim yn gorfod teithio fawr pellach na'i ystafell fyw i allu gweld Morfydd Ellis yn y cnawd. Mae'r ddau'n byw ar yr un stad, er nad ydi hi'n gwybod hynny. Cadwyn o gartrefi taclus *dormer* byngalos. Tai ydyn nhw go iawn, nid byngalos. Mae ganddyn nhw risiau ac ystafelloedd i fyny'r grisiau, ond byngalos maen nhw'n cael eu galw. Tua dau gan llath, mymryn yn fwy, efallai, sydd rhwng y ddau dŷ. Mae Rol wedi cerdded at ei chartref sawl tro, ac wedi cyfri pob cam o'i ddrws ffrynt o at ei drws ffrynt hithau gannoedd o weithiau – cant wyth deg o gamau ar ei ben.

Cant wyth deg o gamau at nefoedd ar y ddaear.

Mae Rol yn gallu gweld Morfydd yn dadwisgo weithia, gan fod ffenest ei llofft hi a ffenest ei loft o gyferbyn â'i gilydd, y ddwy ffenest yn edrych ar ei gilydd fel tasa'r ddau dŷ mewn cariad. Fedrai o weld fawr ddim, fodd bynnag, oherwydd y bleinds, a tydi lleoliad yr haul ddim yn helpu chwaith, achos mae hynny'n bwrw cysgod dros y ffenest fel arfer. Yr hyn sy'n rhoi'r boddhad mwya iddo yn y bôn ydi ei fod yn gallu gweld ei lein ddillad.

Tydi hi ddim yn rhoi ei dillad isa ar y lein, a tydi Rol ddim isio gweld pethau felly, ond yr hyn sydd wrth ei fodd ydi ei fod yn gallu gweld y dillad mae hi wedi eu gwisgo wrth ohebu yn hongian ar y lein. Gallai ddweud yn union pa flows gafodd ei wisgo ar gyfer pa adroddiad.

Rhyfedd dy fod ti'n sôn am beryglon sigaréts prynhawn yma, ynte Morfydd, a finnau wedi dy weld yn cael sawl smôc slei yn yr ardd gefn!

Mae Rol yn teimlo'n freintiedig iawn, oherwydd mae caru Morfydd mor hawdd. Erstalwm, dim ond ambell lun oedd ar gael i edmygydd pell, ond mae gan Rol ddegau ar ddegau o DVDs lle mae'n gallu ei gweld yn symud ac yn siarad. Mae o'n eu gwylio drosodd a throsodd, a hithau yno hefo fo yn yr ystafell fyw.

Aeth i'r gegin i roi potel o win gwyn i oeri yn yr oergell, a chwilio am yr un goch roedd wedi ei chadw ers Nadolig y llynedd ar gyfer achlysur arbennig.

Pa well achlysur na heno?

Ers amser, mae Rol wedi bod yn ystyried mynd i weld Morfydd, i'w gyflwyno ei hun, i gael sgwrs. Eneidiau hoff, cytûn.

Efallai mai heno ydi'r noson, Morfydd. Ti ffansi cwmni?

17:40
Cyffiniau Bangor, Gwynedd

Doedd Angela ddim yn cofio sut ddywedodd Bedwyr wrthi hi fod damwain wedi bod. Chofiai hi ddim chwaith sut cyrhaeddodd hi'r ambiwlans. Ond roedd hi yno rŵan, yn ymbil ac yn pledio ar Nel i ddeffro.

'Mae Mam yma, Nel. Mae Mam yma.' Rhwbiodd Angela fodiau traed ei merch dair ar ddeg oed yn dyner o frysiog.

Wrth yrru i fyny o'r gylchfan ar ôl bod yng Nghlynnog, sylweddolodd Angela fod rhywbeth o'i le. Gwelodd feic ar ochr y ffordd, a chriw o bobl yn sefyll efo'i gilydd, rhai ar eu cwrcwd ar y llawr. 'Ti'n cofio Mam yn masajio dy draed di pan oeddach chdi'n fabi, Nel? Fel'ma yn union. Mi roeddach chdi wrth dy fodd, nes yn y diwadd roeddach chdi'n cau cysgu yn dy grud nes i ni fynd drwy'r ddefod nosweithiol efo'r olew lafant. Mi fydd poeth yn iawn, cariad bach.'

Tydi Angela ddim wedi sylwi ar y gwaed sy'n gwlychu ei dwylo wrth fwytho. Mae ei llygaid wedi eu cloi ar lygaid ei merch, er eu bod nhw ar gau. Yna, mae hi'n teimlo'r tamprwydd cynnes ar ei chroen. Trodd ei chledrau at ei hwyneb a gweld y gwaed yn lliwio'r llinell ffawd a'i rhychau.

Edrychodd y gyrrwr ambiwlans drwy'r drych ar y fam yn mwytho'i merch yng nghefn yr ambiwlans. Roedd bron yn siŵr fod y daith i'r uned ddamweiniau'n bellach na'r arfer.

Wrth barhau i fwytho Nel, mae Angela yn clywed llais Bedwyr yn ei phen yn ceisio esbonio beth oedd wedi digwydd, a'r dagrau'n llosgi ei fochau. Dim **ond** newydd adael y tŷ yr oedden nhw pan ddigwyddodd y ddamwain. Doedden nhw ddim wedi estyn yr helmedi gan mai dim ond mynd i lawr y lôn at yr afon roedden nhw.

'Tyrd, Nel fach, mi rydan ni yma rŵan, aros efo ni. Deffra. Mi fydd y doctoriaid yn gallu helpu rŵan.'

Doedd y ddau baramedig ddim yn gallu edrych ar ei gilydd wrth dynnu'r *stretcher* o gefn yr ambiwlans. Ac wrth i ddrysau haearn trymion yr uned ddamweiniau gau o'u blaenau a chaniatáu i'r tîm argyfwng gymryd yr awenau daeth chwa o ryddhad dros y ddau, gan nad y nhw oedd yn gorfod egluro wrth Angela fod Nel wedi marw ers hanner awr.

17:43
Llanfair-pwll, Ynys Môn

Eisteddai Robin yn ei gar yn wylo'n hidl gan gymylu popeth o'i flaen. Rhwygodd y tsiaen aur oedd â meillionen yn hongian ohoni o'i wddf.

Nonsens llwyr ydi credu y gallwch chi wella eich lwc drwy wisgo mwclis lwcus. Bullshit.

Roedd ei fam wedi deud erioed fod pob dim yn digwydd am reswm. Ei rhesymeg hi oedd fod gan bob digwyddiad achos, a bod yr achos bob amser yn dod cyn y digwyddiad – fel tswnami'n digwydd o ganlyniad i ddaeargryn o dan y môr.

Pam ddiawl fod hyn wedi digwydd i fi ta?

Edrychodd ar ffenestri'r hosbis – pob un ohonyn nhw fel llygad mawr tryloyw yn edrych arno yn y maes parcio.

Ydyn nhw'n gwybod be dwi newydd ei wneud – gymaint o ddiawl ydw i?

Roedd Robin yn methu credu ei fod wedi taro rhywun â'i gar, a'i fod wedi denig oddi yno mewn amrantiad.

Mi wnaiff Mam wneud popeth yn iawn.

Mae angen ei mab ar Sue, ac mae angen ei fam ar ei mab. Felly, mae Robin yn rhedeg i mewn ati i'r hosbis fel aderyn y môr yn hedfan tua'r tir pan fo storm ar droed.

'Robin, ngwas i,' ochneidiodd Sue yn lluddedig o'i gwely. 'Dyma dy Yncl Meic, ti 'di nghlywed i'n sôn amdano, yn do? Mae o'n mynd i dy helpu di ofalu am y bwthyn, torri gwair a ballu. A mae o'n goblyn o un da am drwsio pethau o gwmpas y tŷ.'

Mae Meic yn codi o'i gadair wrth ymyl y gwely i gyfarch ac ysgwyd llaw â'i nai na welsai erioed o'r blaen. 'Falch o dy weld di o'r diwedd, Robin. Dwi wedi cael dy hanes i gyd gan dy fam.' Roedd dwylo Robin yn crynu, ond mi gafodd nerth rhyfedd wrth gydio yn llaw ei ewythr. 'Wyddost ti be, Robin? Mi rwyt ti'r un ffunud â dy gefnder a dy gyfnither. Mi fydd Bedwyr a Nel wrth eu boddau yn dy gyfarfod – ac Angela, y wraig.'

19:05
Moelfre, Ynys Môn

Mi ddoth Cynan yn ei ôl, a golwg bodlon iawn arno. Wedi cael diwrnod da o waith, yn amlwg. Cafodd Maria gusan ar ei boch, a rhoddodd y froetsh siâp adain paun ar y bwrdd wrth ei hochr.

'Rhywbeth bach ges i am weithio heddiw – meddwl 'sa chdi'n licio fo,' eglurodd wrth ei fam, ond chafodd Maria ddim gwybod mwy na hynny. Mi fodlonodd hithau fod yn y niwl gan fod cael ei mab mewn hwylia cystal yn beth amheuthun.

Roedd Maria yn pitïo mai unig blentyn oedd Cynan, er bod ganddo frawd mawr na wyddai ddim am ei fodolaeth.

Methodd Maria ag ymdopi â chael babi mor ifanc, a hithau'n ddim ond plentyn ei hun. Cafodd ei mab cyntafanedig ei fabwysiadu gan gwpl cefnog o dde Cymru. Gwyddai y byddai'n cael gwell cyfle yn fanno, ac yn wir mi gafodd.

Tua deng mlynedd yn ôl, drwy gymorth y we, mi gafodd Maria help i ddarganfod lle roedd ei mab hynaf yn byw, a beth oedd o'n ei wneud. Synnai'n ddyddiol byth ers hynny ei bod hi'n fam i lawfeddyg cosmetig llwyddiannus. Doedd yr un o'i pherthnasau agos erioed wedi bod yn y coleg. Mi fyddai ei mam wedi bod mor falch o gael doctor yn y teulu.

Roedd Abertawe yn bell o Foelfre. Ond dychmygai

yr âi i chwilio amdano un diwrnod, a'i gyflwyno i'w frawd bach - Cynan.

Un o dde Cymru oedd mam Maria hefyd, ond roedd wedi cael ei hanfon i'r gogledd ar ei hunion ar ôl darganfod ei bod yn feichiog. Doedd cael plentyn siawns â mab i deithwyr ddim yn dderbyniol o gwbl. Welodd Maria erioed mo'i thad, fwy nag y gwelodd Cynan ei dad yntau chwaith, ond fe wyddai mai Jack oedd ei enw a'i fod yn fab i'r sipsiwn.

Meddyliai Maria am Efan bob dydd. Cofiai mor hardd ydoedd y diwrnod y cafodd ei eni a hithau'n dangos ei bron iddo, a'r sugno cyntaf yn tynnu ar ei chroth. Yr un gafael yn union â hwnnw pan gymerodd y nyrs y babi oddi wrthi. Dwyn Efan.

Ond er ei bod hi a'i mab wedi bod ar wahân ers deugain mlynedd, gwyddai Maria nad oedd hynny'n bwysig. Boed nhw wedi eu gwahanu gan ddau gan milltir neu ddiffeithwch - roedd Efan a hithau yn un o hyd.

21:04
Porthaethwy, Ynys Môn

Roedd y blew ar gefn ei gwâr wedi codi, ac roedd ganddi gymaint o ofn nes yr anghofiodd anadlu am eiliad.

Ychydig funudau ynghynt, rhyw ddeg munud efallai, roedd Morfydd Ellis wedi agor y drws ffrynt ar ôl i'r gloch ganu. Doedd hi ddim yn disgwyl ymwelwyr heno. Cwta dair awr oedd yna ers iddi hi a'i chwaer, ei nai a'i nith gael swper gyda'i gilydd ar ôl i Morfydd orffen gweithio. Roedd hi newydd gael trefn ar y tŷ, ac yn eistedd ar y soffa efo hanner potel o win coch yn gwmni.

Sut roedd hyn wedi medru digwydd?

Yr oll a gofiai oedd gweld dyn diarth, tal yr olwg, ar stepen y drws yn gafael mewn dwy botel o win. Mi ddywedodd rywbeth am yr adroddiad am ysmygu ar y teledu y prynhawn hwnnw o Fangor. Gwaredodd fod y giang o fechgyn wedi gwneud sioe o bethau, ond canmolodd Morfydd am ddelio â hynny mewn ffordd broffesiynol. Yna, yn ddirybudd, roedd o wedi gwthio'i hun heb wahoddiad i mewn i'r tŷ ac yn sefyll yn yr ystafell fyw fel petai fo oedd pia'r lle.

Gofynnodd Morfydd iddo adael. Ond wnaeth o ddim. Doedd hi ddim am weiddi, doedd hi ddim am sgrechian. Cadw'i phen a cheisio peidio cynhyrfu, yn

130

union fel yr oedd wedi ei wneud yng nghanol twrw maes y gad yn Afghanistan.

Be sydd, Morfydd fach? Pam y pellter?

Nid fel hyn roedd pethau i fod, meddyliodd Rol.

Pam ti'm yn falch o ngweld i? Mi ddoi at dy goed, dwi'n siŵr.

Ceisiodd Morfydd ei arwain yn ei ôl at y drws ffrynt, ond doedd hynny ddim yn rhan o gynllun Rol. Mi roedd o yno i aros.

Gallai Rol deimlo'r gwaed yn dechrau rhuthro drwy ei wythiennau, a'r chwys o dan ei geseiliau'n oeri. Yn ei ddychymyg, gwelodd ddarlun o Morfydd yn siarad â'r soldiwrs yn Afghanistan, milwyr golygus a chyhyrog. Gwelodd y meddyg y bu'n holi'r pnawn hwnnw hefyd. Berwai ei waed â chenfigen, eiddigedd eu bod nhw wedi cael bod mor agos at Morfydd – yr un a garai â'i holl galon.

Gafaelodd ynddi a cheisio'i chusanu. Tynnodd hithau yn ôl â'i holl nerth, ond roedd Rol yn gryf, yn gryfach o lawer na Morfydd. Caeodd ei llygaid fel nad oedd raid iddi weld be oedd ar fin digwydd.

Gwthiodd a hyrddiodd yn ffyrnig, gan ei threisio.

Sugnodd boer rhwng ei ddannedd wrth orfodi ei hun arni, a'i ysfa fel ci yn goranadlu. Gallai Morfydd ogleuo arogl mint ar ei anadl, fel tasa fo wedi bod wrthi'n sgwrio'i ddannedd am oriau ar gyfer achlysur arbennig. Roedd hi'n crio, mor dawel ag y gallai, yn torri ei chalon nes ei bod yn tagu ar ei dagrau ei hun.

Yna, cododd Rol yn ddisymwth a'i gadael ar y llawr yn ddiymadferth, a'i ffieidd-dra'n drewi o'i ôl. Cerddodd at y drws ffrynt, a chau'r drws ar ei ôl heb ddweud gair.

Eiliadau wedi i'r drws gau, cerddodd Tomos i mewn i'r ystafell fyw yn ei byjamas Ben 10. Rhwbiodd ei lygaid cysglyd gan ofyn yn dyner, 'Ti'n iawn, Anti Morf?'

22:30

Cwmrhydyceirw, Abertawe

Dwi'n dy garu di, Efan, ac yn dy gasáu di'r un pryd.

Roedd Olwen Carrol yn flin. Gwthiodd y brwsh paent yn ôl ac ymlaen yn wyllt ar draws y wal, fel tasa hi'n ceisio sgwrio budreddi i ffwrdd yn hytrach na chreu darlun.

Dim ond un lamp fechan oedd yn goleuo'r stafell *open plan*, ac mi roedd y *shutters* pren caled tywyll wedi eu cau am bob ffenest, gan rwystro unrhyw lewyrch o'r ddinas rhag sleifio i mewn i'r fflat. Ar y bwrdd ger y gegin roedd yna hanner dwsin o gwpanau gwag, rhai ac ôl coffi ar eu gwaelod, eraill a staeniau gwin coch hyd yr ochrau.

Artist ydi Olwen, a chelf yw ei byd. Heno roedd hi'n mynd amdani; roedd ei stumog yn ferw o syniadau oedd yn goferu drwy ei bysedd at y brwshys paent yn lliwiau tywyll – du ar draws coch, coch dros ben brown, brown a du drwy'i gilydd. Lliwiau hunllefau.

Roedd Efan a hithau wedi symud i'r fflat a arferai fod yn orsaf heddlu yn syth ar ôl iddynt briodi. Cartref unigryw i gwpwl unigryw. Roeddynt yn gwpl perffaith amherffaith: llawfeddyg cosmetig gora'r blaned yn briod ag artist oedd yn rhagori yn ei maes. Cyfoglyd o ddosbarth canol. Fe ddechreuodd y ddau gasáu ei gilydd ar noson gynta'u priodas.

Yng nghanol ei lliwio lloerig stopiodd Olwen yn ei hunfan. Synhwyrodd sŵn ar waelod y grisiau, ond doedd hi ddim wedi clywed y drws yn agor. Chwipiai ei chalon yn afreolus wrth iddi deimlo'r camau'n dod yn nes ac yn nes i fyny'r grisiau, yn clecian dros y llawr pren. Roedd hi'n chwys oer drosti. Gollyngodd y brwsh paent ar y llawr, cydiodd yn ei gwallt o gefn ei gwddw a'i godi mewn ofn.

'Be ddiawl?' chwarddodd Efan yn chwerw. 'Fi sy 'ma – pwy arall oeddet ti'n ddishgwl yr adeg yma o'r nos?'

'O'n i'n meddwl fod rhywun yn torri fewn,' crynodd Olwen.

'Ddudes i bydden i'n hwyr yn dod tua thre heno.' Oedodd Efan am eiliad pan welodd beth oedd o'i flaen. 'Uffern dân, be yw hyn?' meddai gan bwyntio at y wal. 'Be ddiawl ti'n wneud yn peintio'r walydd? Tydi cynfasau ddim yn ddigon da i ti mwyach?'

'Ma'r lle 'ma angen côt o baent beth bynnag,' atebodd Olwen yn swta.

'Sda fi ddim amser i hyn, fi'n mynd i gysgu. Sai'n gwybod be sy'n bod arnat ti'r dyddiau hyn. Wyt ti di colli dy bwyll, fenyw? Honco bost,' mwmiodd Efan gan gychwyn am y gwely.

Edrychodd Olwen ar y wal. 'Cysgu, wir – *fine chance* sda fi gyda thi wrth fy ochr.' Roedd ei chalon yn dal i bwnio wrth iddi ei glywed yn brwsio'i ddannedd yn yr *en suite*. Cerddodd hithau hefyd tuag at yr ystafell wely, gan sganio pob congl dywyll oedd yn arwain at y llofft. Gallai glywed ei hun yn anadlu, ac roedd yn groen gŵydd drosti; roedd ganddi goblyn o ofn cerdded i mewn.

O gil y drws gallai weld silwét ei gorff yn tynnu amdano ar ymyl y gwely, ac yna'n gorwedd yn ei ôl heb boen yn y byd.

Roedd Olwen wedi cyrraedd pen ei thennyn.

Cei weld be 'di honco bost, Efan Carrol.

22:31
Porthaethwy, Ynys Môn

Gorweddai Morfydd a'r gorchudd gwely drosti'n sownd. Mae oglau'r *shower gel* mintys a lemon yn stwna uwch ei chroen; mae hi'n tylino'i chorun, a chyda phob mwythiad mae talp bach o'i gwallt brith a du yn datod rhwng ei bysedd.

Biti na fyddai ei chroen yn dadfachu hefyd; allai ddim goddef y croen yn pwyso arni, yn gwisgo'i thu fewn fel tyfiant canser.

> *Sut ydw i'n mynd i ddeud wrth Mam nad ydw i'n wyryf erbyn hyn? Dwi'n ffiaidd.*

23:05

Cwmrhydyceirw, Abertawe

Ti'n dweud nad oes gen ti help. Na elli di stopio. Pam na 'nei di drio stopio 'te?

Gwyddai Olwen y byddai'n anodd gan rai gredu fod un oedd yn ymddangos mor annwyl, mor ddoniol, mor addfwyn ag Efan yn gallu bod mor ddifater tu ôl i ddrysau caeedig.

Wyt ti'n gwybod faint o loes ti'n ei achosi i mi, pa mor flinedig ydw i oherwydd hyn?

Mae Efan yn ymddiheuro bob tro ar ôl deffro, ac mae o wedi ceisio rhoi'r gorau iddi sawl tro drwy ddefnyddio modrwyau Tsieineaidd a thabledi llysieuol. Ond tydi Olwen ddim wedi cael noson ddi-dor o gwsg ers blynyddoedd. Mae hi wedi ymlâdd.

Mae atal rhywun rhag cysgu yn ddull o arteithio mewn rhai rhannau o'r byd, wyddost ti? Cau dy geg, wir Dduw. Mae hi'n iawn arnat ti – ti'n cysgu'n sownd, away with the fairies.

Mae Olwen yn ceisio'i gorau glas i gysgu; mae hi'n gweddïo am gwsg, ond ddaw o ddim. Dim efo'r chwyrnu di-ben-draw wrth ei hochr.

Rho'r gora iddi, plis. Dwi'n erfyn arnat ti, Efan. Simo i gallu dioddef mwy o hyn. Dy sŵn. Dy ruo.

Cododd Olwen ar ei heistedd a thynnu'r glustog o'r tu ôl iddi. Gwasgodd y plu cynnes yn dynn, a gosod y gobennydd dros wefusau Efan a'i wthio i lawr nes ei fod yn gorchuddio'i wyneb i gyd. Mae hi'n gwasgu ac yn gwthio am tua ugain eiliad o leiaf.

Yna mae Efan yn deffro o'i drwmgwsg, mae o'n fyr o wynt ac wedi drysu, ac yn ceisio gwthio Olwen i ffwrdd wrth iddi hithau barhau i ddal y glustog ar ei ben. Mae o'n llwyddo i daflu Olwen yn chwyrn ar wastad ei chefn ar y gwely, a gall Olwen synhwyro'r gynddaredd yn berwi tu mewn i gorff ei gŵr, er na fedrai weld dim yn nüwch y nos.

Rywfodd, wrth iddi ddisgyn yn ei hôl, caiff ryw nerth annisgwyl, ac yn niffyg dim arall, a hithau wedi cyrraedd y pen, rhoddodd Olwen un ymgais olaf ar oroesi, gan wthio'r gobennydd yn drymach ac yn drymach dros ei wyneb eto. Gwingodd Efan fel sgodyn aur yn clepian wrth gael ei dynnu o ddŵr, yn ymaflyd am ei einioes cyn ildio'n dawel.

Peidiodd y frwydr, a doedd dim smic i'w glywed – dim ond sŵn anadliad sych Olwen.

O'r diwedd. Heddwch.

Mae'r rhochian yn peidio. Y chwyrnu didrugaredd yn darfod. Mae Efan yn llipa lonydd, a phob anadl wedi dianc o'i gorff. Doedd dim byd ar ôl, dim ond gwynt ei *aftershave* yn segura.

Cwsg a gwyn dy fyd.

23:21

Clynnog Fawr, Gwynedd

Trodd Tecwyn Evans ryw fodfedd neu ddwy yn ei wely. Esmwythodd y dillad gwely *flannelette* o dan ei gefn; roedd rhywbeth wedi ei ddeffro'n sydyn a'i aflonyddu. Gallai deimlo gwres anghyfarwydd wrth ei ymyl, a phresenoldeb o ryw fath yn gorwedd wrth ei ochr ar ben y *duvet.* Roedd ofn arno.

Be ddiawl, neu pa ddiawl sy 'na?

Gallai Siôn deimlo'i daid yn anesmwytho. 'Peidiwch â phoeni,' sibrydodd yn addfwyn. 'Siôn sy 'ma. Ewch yn ôl i gysgu, Taid. Mi ro'dd y trên i Lundain wedi ei ganslo, dach chi'n gweld, felly ddois i adra. A meddwl wnes i y baswn i'n dod i aros atoch chi am dipyn.'

Ochneidiodd Tecwyn Evans, a rhoi ei law ar gefn ei ŵyr yn anwesog.

Am y tro cyntaf ers iddo gyrraedd yn ôl o Afghanistan mi wyddai Siôn ei fod adra o'r diwedd.

Efallai nad ydi rhyfel yn darfod ar ôl i filwyr ddychwelyd tua thref; hwyrach nad ydi o byth yn dod i ben. Mae ysbrydion ac atgofion drwg yn llusgo byw am byth. Ond mae Siôn am geisio ffeindio gwynfyd lle nad ydi'r bwci bos yn bod.

'Dos i gysgu, Siôn bach. Fory ddaw,' suodd ei daid yn dyner.

EPILOG

Yn ffawd pob un mae cwlwm. O'r eiliad y daw dau ben llinyn ynghyd, nes eu datod yn gyfan gwbl.

Brau ydi edau bywyd.